关于新疆的

谣言与真相

环球时报 编

五洲传播出版社
China Intercontinental Press

图书在版编目（CIP）数据

关于新疆的谣言与真相 / 环球时报编 . -- 北京 ：五洲传播出版社，2020.7
ISBN 978-7-5085-4463-2

Ⅰ . ①关… Ⅱ . ①环… Ⅲ . ①新闻报道－作品集－中国－当代
Ⅳ . ① I253

中国版本图书馆 CIP 数据核字 (2020) 第 098090 号

关于新疆的谣言与真相

编　　者：环球时报
出 版 人：荆孝敏
责任编辑：宋博雅
封面设计：熊晓莹
内文制作：北京优品地带文化发展有限公司
出版发行：五洲传播出版社
地　　址：北京市北三环中路 31 号生产力大楼 B 座 6 层
邮　　编：100088
发行电话：010-82005927，010-82007837
网　　址：http://www.cicc.org.cn http://www.thatsbooks.com
印　　刷：中煤（北京）印务有限公司
版　　次：2020 年 7 月第 1 版第 1 次印刷
开　　本：710 毫米 ×1000 毫米　1/16
印　　张：10.25
字　　数：155 千字
定　　价：58.00 元

序　言

新疆突然成为中西舆论斗争的锋线，双方讲话完全不在一个频道上。

新疆最近几年的治理方式具有充分的道义正当性，因为它是以解决现实紧迫问题为导向的，目的是重建新疆的和平与稳定。从人权的角度看，这无疑是基础。前些年新疆暴恐事件频发，实际情况比公开报道出来的要严重得多。这不仅让当地人的生命安全面临了远高于内地社会的风险，而且严重扰乱了新疆的社会秩序和人们的正常生活，旅游等服务行业断崖式垮塌。这哪里还有人权。

去极端化就是为了根本改善新疆局势，为此整个新疆社会都付出了巨大努力和代价。比如新疆的干部们普遍驻村，可想而知，新疆挨过了多么不寻常的一段日子。

西方舆论对新疆的攻击以对照西方的人权观为导向，用他们的语境对新疆的事情进行价值判断。他们不关心新疆要解决的问题，甚至否定新疆大多数暴力活动的恐怖主义性质。他们站着说话不腰疼，其中有一些势力还存有使新疆陷入长期动荡并因此拖累中国整个国家的恶意。

这样的争论根本无法进行。西方舆论在他们的环境中很容易对新疆治理进行粗暴的扭曲、抹黑，由于他们的音量大，往往造成极坏的影响。

然而，新疆大地上在发生与西方舆论描述截然相反的情形，那就是和平与稳定真的回来了。旅游在井喷式恢复，是新疆形势新面貌最有说服力的证明。而这个奇迹很大程度上是教培中心的去极端化工作带来的。

我本人在多篇文章中写过，新疆最近几年的高强度治理并非理想的状态，教培中心等是特定时期的特殊举措。它们的解决问题导向充满了政治善意，也起到了好的效果，避免了新疆沦为成千上万人死亡的第二个车臣。最近几年新疆再也没有发生暴恐袭击，这意味着再也没有平民因那些袭击死于非命，也再没有潜在的暴恐分子在现场被击毙。这是多么可贵的变化，这才是人权啊。

人权不是空洞口号，不是某一个价值体系不分青红皂白地套用到世界各个地方，更不是出于地缘政治目的的双标游戏。

环球时报的记者和评论员们参加了一场艰苦的舆论斗争，他们深入到新疆的一线，把那里的真实情况和新疆促进人权的现实逻辑告诉外部世界。我的同事们更加了解外部世界，大家为在中西截然不同的舆论频道之间寻找接口作了探索。这本书里的所有文章都是环球时报人的心血之作，这里有我们对祖国和对新疆各族人民的爱，有对西方舆论场苦口婆心的那份执着。写这个序时我要说，我们尽力了。

胡锡进

目 录

报道篇

评论篇

报道篇

第一章
实地走访：新疆到底危险吗？

“新疆现在到底怎么样？去那儿玩危险吗？”这几乎是笔者向每个亲友推荐新疆旅游时，都会在第一时间被抛回来的问题。几年前新疆发生的那些事情，让很多内地人在选择旅游目的地时忽视了这块“遥远的地方”。

新疆从来没有遥远过，当我们走进这块占中国国土面积六分之一的热土，才发现它与我们靠得如此之近。这里有24小时帮扶贫困户的驻村干部，有全天候驻守国境线的边境警民，有向教民宣讲民族团结的宗教人士，也有为下一代殚精竭虑的教育工作者。他们与这里的壮美风景交相辉映，更为国家的安宁保驾护航。

走访新疆职业教育培训中心

范凌志　2018-10-22

“把需要工作的人，变成工作需要的人。”这是位于新疆南部和田地区的于田县职业技能教育培训中心大门上的标语。20日，当《环球时报》记者来到这里采访时，有些西方媒体仍在用“恐怖”“监禁”等词语把新疆的培训中心描述成“集中营”，事实是否如此？记者在实地走访中聆听了学员、工作人员及企业代表的声音，培训中心学员买提库尔班的话非常具有代表性：“我在这里，感觉又回到了校园。”

“我们学员也能入股，自主办厂！”

培训中心的娱乐室里，几名女学员正在台球桌前练习击球。在记者示意应该调整一下握球杆的姿势时，她们显得有些不好意思。“来到这里，很多人是第一次摸球杆。”一名工作人员说。下午4点钟，屋外的阳光很好，两组女学员正在崭新的标准排球场上打比赛。听着场上的欢呼声，坐在场边的阿兹娅跟《环球时报》记者聊起了她的往事。几年前，对还在穿戴蒙面罩袍的她来说，参加体育运动是不可想象的：“我参加了‘野阿訇’的非法讲经活动，‘野阿訇’告诉我们女孩子就要待在家里，出门要穿戴蒙面罩袍，不要跟汉人交往。尽管父母都阻止我，但我当时还是被极端思想洗脑了。”

一些学员到这里的原因都跟阿兹娅类似，比如参加非法讲经班，被极端思想毒害很深。培训中心工作人员介绍，他们的行为已触犯《中华人民共和国刑法》《中华人民共和国反恐怖主义法》等法律，但政府秉持教育挽救为主的方针，在培训中心给他们提供一个学国家通用语言、学法律、学技能的机会。

未来几个月，如果阿兹娅通过了国家通用语言、法律、技能以及去极端化思想的考核，她将能够到培训中心工业园区企业就业。“获得工作的机会是每

2018 年 10 月，于田县职业技能教育培训中心女学员正在标准排球场上打排球。（摄影：范凌志）

个人都梦想的。”培训中心印刷厂印刷技术班班长买提卡司木·吐地告诉记者，这意味着有了一技之长以及稳定的经济来源。

《环球时报》记者了解到，培训中心的工厂有的早已在当地投资，有的则是新进驻的企业。无论是印刷厂，还是茶叶厂、鞋厂等其他企业，普通工人的月基本工资一般都是 1500 元外加绩效，干得多拿得多，每名工人月收入都在 2000 元上下。“我们学员也能入股，自主办厂！”买提卡司木·吐地自豪地告诉记者，他自己就投了 50 多万元，政府出钱盖厂房，设备是几个学员股东投钱买的。“从 7 月份到现在，我们印刷小学生的作业本，已经完成了 370 万元的订单。”

“未来我还想在这里继续发展”

记者了解到，大多数人刚来到培训中心时，连普通话都不会说。当然也有例外，曾在哈尔滨上高中的买提库尔班的普通话很流利，戴着眼镜的他显得文

2018 年 10 月和田夜市上的舞蹈演员（摄影：范凌志）

质彬彬。《环球时报》记者来到手机装配厂时，买提库尔班正在指导其他学员，显然，他已走上管理岗位。“我爸爸是个宗教极端思想很严重的人。在我马上要高考的时候，他打电话要我退学回家学经，说什么‘不念经就升不了天堂’。我当时很不情愿，但最终还是服从了。”

买提库尔班告诉记者，他的梦想是成为一名医生，但回到家，一切都破灭了。“因为我不懂经文，我父亲还打过我几次。后来我偷偷跑到乌鲁木齐，随便找个工作打工。”买提库尔班说，那段时间是他最迷茫的时候，一方面不愿回家，一方面宗教极端思想又很严重，跟以前一起喝酒的朋友也不来往，每天心思也不在工作上。“我是读过书的人，现在回想起来，觉得很惭愧。”

对现在的生活，买提库尔班感到很满意：“我对电子产品很感兴趣，未来我还想留在这里继续发展。”在《环球时报》记者提到，有西方反华媒体称培训中心的学员经常“遭到殴打”“酷刑是家常便饭”时，买提库尔班直视着记者，很坚定地说：“这完全不可能，我在这里，感觉又回到了校园。”

“现在家里是我管钱！”

记者了解到：培训中心所有工厂的职工每周都能保证休息两天，工作日也没有加班；如果夫妻二人都在培训中心工作，他们还能住进“夫妻楼”。在培训中心茶叶厂，艾力·依明和肉克亚木·阿布都卡迪尔夫妇并排而坐，正在边谈笑边包装茶叶。当记者提出想采访时，他们主动请记者到他们的房间去看看。

与普通职工宿舍相比，“夫妻楼”的房间面积要更大，目测约有20平方米。房间被丝帘隔成里外两间，艾力·依明夫妇将角角落落都打理得很整洁。记者注意到，门口桌上摆放着多种化妆品，肉克亚木有点害羞地说，自己每天出门都要化妆。她是因为受极端主义思想感染，参加非法宗教活动，进而包庇一个“野阿訇”，而来这里接受教育培训的。当时，由于两人家庭的宗教氛围都很浓厚，她不仅要穿戴蒙面罩袍、不能工作，别说化妆，甚至看电视都是不允许的。在培训中心，她才有了就业的机会。

“现在家里是我管钱！”肉克亚木的话令记者忍俊不禁。她说，接受培训后，自己在家里的地位发生了巨大变化。一个月两人能收入4000多块钱，比之前翻了一倍还多。

对于一些有孩子的夫妇，培训中心还提供了职工子弟学校和托儿所。学校离工厂走路只需一两分钟，非常方便职工接送孩子。一进宽敞整洁的校园，正在课间玩耍的孩子们立刻对记者的镜头产生好奇感，争先恐后地拥到记者面前摆姿势拍照。拍完照，孩子们突然一齐敬少先队礼，并用标准的普通话不断地喊“老师好！”教室走廊里，随处可看到装饰美观的名言和标语。良好环境的耳濡目染下，孩子们讲礼貌的习惯自然养成。

上课铃响，《环球时报》记者走进一间教室拍照。孩子们觉着记者弓腰的姿势很有趣，都捂着嘴窃笑，有调皮的男生甚至还对记者做鬼脸。孩子们的天真快乐让人觉得温暖。于田县教育局党委书记骆红梅说，以前，由于这些孩子的父母受极端思想毒害，不愿意送孩子来上学，对孩子疏于管教，导致他们不会说普通话，没能养成良好的生活习惯。但孩子们来到学校和幼儿园后发生了很大变化："首先是性格比以前开朗了，见了人很有礼貌，随时都可以看到他们的笑容。第二就是养成良好的日常行为习惯，比如学会自己洗脸刷牙，打理个人卫生。第三就是学习成绩也提高了，实行双语教育为孩子们未来的人生发展打下坚实的基础。"

"他们就是胡说！"

一天的采访结束，记者看到的是培训中心的秩序井然及学员对未来打拼的热情和信心，这与一些西方反华媒体所臆想的情景有天壤之别。在被问到如何回应西方的失实报道时，于田县副县长阿迪力·阿卜杜艾尼显得有点激动："他们就是胡说！我是维吾尔族干部，我生长在这片土地上。以前这里的宗教氛围非常浓厚，很多娃娃上完小学就不再上学了，很容易被极端思想迷惑，跑去非法讲经点学经，最终走上从事暴恐活动的道路。"阿迪力说，这些学员在培训中心学完技术后，最终会融入社会，为家乡的脱贫致富作出贡献。

本报记者在喀什见证去极端化

范凌志　2018-10-26

新疆教育培训中心里的学员之前经历过什么？去极端化给他们带来了哪些改变？10月22日，《环球时报》记者来到位于南疆的喀什市，在采访喀什市职业教育培训中心学员、走访街市过程中明显感觉到，对比南疆地区过去宗教氛围浓厚的状况，去极端化让所有人对未来充满期待。“正气上升，邪气下降”，这是新疆维吾尔自治区主席雪克来提·扎克尔对新疆社会环境发生明显变化的精准点评。

一份自述：希望我的故事能警示更多人

培训中心教学区走廊上有学员自办的报纸，内容涉及培训中心生活的点滴，以及学员对被极端主义思想毒害过往的反思。浏览中，《环球时报》记者注意到一名叫居来提·努尔买买提的学员的自述。20世纪90年代末，居来提曾因参加恐怖组织训练营而被判刑；出狱后，他再次感染并传播宗教极端思想，经培训中心教育，才彻底扭转了思想。

站在记者面前的居来提与他在回忆中萎靡诡异的形象判若两人。“希望我的故事能警示更多被极端思想毒害的人”，居来提一口纯正普通话。

居来提1968年出生在喀什，父母在南疆最大的运输单位工作，都是知识分子。“我的家境很好，在单位大院长大，里面住着汉族、维吾尔族、乌孜别克族等好几个民族的邻居。那时大家相处很好，根本不谈什么民族之别。过年的时候汉族人挨家挨户发馓子（一种油炸食品），我们也挨家挨户拜年，进门主人就给抓一把糖。”居来提说，由于自己成绩不错，很喜欢打乒乓球，还因此被特招进入喀什师范学院（喀什大学的前身）。“可以说，那时候的我春风得意。”

2018 年 10 月，喀什居民在街头聊天。（摄影：范凌志）

毕业后，居来提被分配到父母的单位子弟学校工作。那时正是 20 世纪 90 年代，新疆很多人“下海”去境外做生意，居来提也想出去闯一闯，便去了吉尔吉斯斯坦摆地摊。赚了一点钱后，他没有再踏实做生意，而是到处转，找机会。“眼高手低”，他这么评价当时的自己。这时，一个从乌鲁木齐来的名叫阿布都·卡迪尔的人告诉居来提，只要交 3000 美元，就能带他到塞浦路斯做生意，并称那里“到处是商机”。但在土耳其中转时，居来提被告知“需要再交 7000 美元”。他知道自己被骗，于是决定留在土耳其碰碰运气。

这时，将居来提推入深渊的人出现了。一个名叫吐尔逊的人先是跟居来提套近乎，混熟后开始向他传播极端思想和分裂思想。“说什么‘维吾尔人天生就是穆斯林’‘新疆是维吾尔人的地方，原来有一块馕，汉人来了只能给维吾尔人四分之一’之类的胡话！”居来提说：“可惜那时候我信了。比如我以前从来不做乃玛孜（礼拜），但遇到吐尔逊等人后，如果不做，大家就慢慢孤立你，在这种氛围里你潜移默化地就被感染。”

不久，吐尔逊跟居来提说，要带他去巴基斯坦做一笔“大生意”。居来提深信他，再加上想赚大钱，就答应了。临出发时，领头的说：“你们的信息都被掌握得一清二楚，如果想背叛，就是死路一条。”在车上他们还被要求取一个假名。

目的地是某国境内一座高山。“山顶上二三百米一个帐篷，里边有世界各地来的人，有亚洲人，也有黑人，谁也不认识谁。”居来提看到一面旗帜，上面文字的意思大致是“神的军队”。接下来，他们被要求练习枪支使用、制爆技术、暗杀格斗，并被告知“要按照神的旨意来杀异教徒”。在山上，他们只能天天吃豆子，有人白天在山下买好藏到指定位置，夜里派人偷偷背回。

居来提回忆说，3个月后的一天，来了一个人，据说是训练营的资金提供者。“他来了以后没几天，营地的人陆陆续续被派走，谁也不知道别人去了什么地方。”居来提被要求回土耳其。“又过了一个月，他们让我宣誓效忠‘东突解放组织’，并让我回中国‘等待任务’。”回国不久，居来提就被抓获，判刑7年。“亲人离我而去，生活很灰暗，只剩下抱怨，每天就祈祷神灵能够给我财富和地位，可神灵始终没有给我这些”，居来提这么讲述出狱后的境况。后来，居来提因传播宗教极端思想而来到培训中心。

“幸亏我当年及时接受法律制裁，后来又到中心学习，不然，我真不知道会干出什么更严重的犯罪行为，后果不堪设想。现在我意识到，自己之所以犯下错误，深层次原因就是没有抵御宗教极端主义思想的毒害，导致心中没有法律意识、国家意识。”居来提说。

采访结束时，居来提告诉记者，他很怀念小时候那种生活。

不堪往事：极端思想胁迫下的南疆

记者在培训中心采访时发现，因感染传播宗教极端思想而失足的案例在这里非常普遍。麦尔耶木古丽·买买提出生在宗教极端思想家庭，她的奶奶要求她在高中毕业后投靠在中东经商的父亲学习宗教知识。在那里，麦尔耶木古丽嫁给了她口中“宗教思想极端到变态”的丈夫：她的丈夫要求她即使在家里也要穿长袍、戴头巾，还严禁她出门，甚至不允许她的父母来探望。奶奶去世后，麦尔耶木古丽因不能在葬礼上哭而长期抑郁。一次，她实在忍不住去探望病倒的父亲，结果被丈夫指责是思想上的“异教徒”。最终，麦尔耶木古丽与丈夫离婚，回到了中国。

然而，这些遭遇并没有让麦尔耶木古丽意识到宗教极端思想的危害。她开始干涉他人吸烟、喝酒，自己穿着象征宗教极端思想的服饰，为满足虚荣心而将原本不堪的个人经历描述得极其美妙。“明知那边男权女奴现象很严重，很多人打着宗教旗号做一些不堪的事，而且各个方面都不如我们的国家，但我还是告诉周围人那里是‘圣地’。很多人原本没想去，但就是被我这样的人蛊惑，家破人亡、妻离子散。”

达吾提江·吐尔逊在19岁时被人灌输宗教极端思想，尽管家境不好，但他还是拒绝了汉族老板给他提供的砖房和冰箱，因为他认为老板是“异教徒”。不愿干活，又与汉族同事关系不好，他就辞职在家，完全按照宗教极端思想的要求生活，并干预其他人的世俗生活，向他们传播宗教极端思想。没有了经济来源，妻子难免发牢骚，达吾提江却觉得“妻子是丈夫的附属，必须绝对服从自己”，因此常常殴打妻子。

“仅仅七八年前，喀什地区街头还常看到穿蒙面罩袍的女性”，这是记者采访时常听到的话。买迪娜·艾克拜尔曾在北京某高校学习舞蹈，2015年回到乌鲁木齐学维吾尔舞蹈，其间，她被室友灌输“不守教义就会下地狱”之类的话。“听着很可怕，像鬼片一样。那些年我回家乡穿着T恤走在路上，都有人指指点点，甚至喊我‘异教徒’！”在这样的灌输下，买迪娜成天怀疑自己是不是吃了不清真的东西，甚至连牙膏都要买“清真”的。“现在回想起来，真是太傻了。”

正如新疆维吾尔自治区主席雪克来提·扎克尔近日在就新疆反恐维稳情况及开展职业技能教育培训工作答记者问时所谈到的，南疆四地州过去受恐怖主义危害较大，受宗教极端主义渗透干扰严重，部分群众使用国家通用语言文字能力较弱，法治意识淡薄，法律知识贫乏，职业技能不强，就业困难，导致该地区生产生活的物质基础薄弱，容易受到恐怖主义与极端主义的教唆和胁迫。

《新疆维吾尔自治区去极端化条例》第二章第九条列明了15种极端化表现，包括“泛化清真概念，将清真概念扩大到清真食品之外的其他领域，借不清真之名排斥、干预他人世俗生活”，“自己或强迫他人穿戴蒙面罩袍、佩戴极端化标志”等。记者得知，培训中心所有学员在来这里前都有这些表现。

喀什地区职业技能培训教育服务管理局副局长阿卜杜艾尼·托合提在接受《环球时报》记者采访时说，宗教极端思想会危害人民生活的方方面面，最终会导致暴恐行为，“这是毋庸置疑的，这就是事实”。

巨大改变：从旅游到就业到家庭

新疆依法开展职业技能教育培训工作以来，去极端化的效果惠及百姓日常生活的边边角角。10 月 23 日早晨，喀什古城开门仪式的表演还没开始，但门前等候的游客丝毫没有烦躁，他们正忙着跟当地群众一起跳舞。一些举着手机录像的内地大妈难免技痒，纷纷下场跳起“新疆广场舞”。

笑脸和问候是喀什街头的主旋律。卖干果的摊位前，不管你买不买，当地老乡都会热情地拉你品尝。《环球时报》记者来到一家卖民族特色帽子的店里，还未开口，老店主就拿了一顶帽子戴在记者头上：“巴郎子（小伙子），试试！”店主说，今年内地游客来得多，他的生意明显比往年好。

据喀什市旅游局统计，2018 年前 9 个月，喀什接待游客数达到 414.9 万人次，旅游收入 281661.8 万元，同比分别增长 28.4% 和 45.6%。其中接待境外游客 16919 人次，外汇收入 1691.9 万元。更让人鼓舞的是，这一良好势头正呈现加速趋势：根据 9 月的数据，到喀什的游客 77.5 万人次，旅游收入 59374.5 万元，同比分别增长 55% 和 75%。

22 日，乃则尔巴格镇的阿布都内比·阿不都热西提从培训中心结业 11 天，记者来到他的家中。这是一座经典的维吾尔院落，院角的土炕方桌上，一台收音机正在播放普通话新闻。阿布都内比说，他的普通话水平、法律意识和专业技能都有了很大提高。在他的家人看来，最直观的改变是在家的表现，“以前，他很大男子主义，从不干家务，现在一大早起来就开始打扫卫生”。

去极端化带来的改变还体现在女性地位提升和当地群众的就业上。22 日，在喀什经济开发区北部产业园区一家服装厂，女工们正在缝纫机前专注工作，机器有节奏的运转声让人感觉整个车间都在奔跑。公司董事长李慧君将企业带到喀什已有 3 年多，她亲眼看到去极端化让员工重生的过程：“刚来时，很多员工不会说普通话，沟通很困难。她们的丈夫不允许她们出来工作，认为女人就该待在家里，很多女工晚上回到家都会挨打。”

培训过程中，从学习国家通用语言文字，到学习法律知识，再到学习职业技能的正向进阶，员工们的极端化思想被彻底清除。更让李慧君高兴的是，竞争意识在增强：“以前她们觉得吃两块钱的馕就满足了，现在完全不一样，这个月干得好拿 5000，下个月拿 4000 就不高兴了。”李慧君说，公司的平均月工资水平大概两三千元，熟练的员工拿 5000 多不成问题。“有了钱，员工可以买自己喜欢的衣服，给老人治病。很多中层干部都有了自己的股份，他们真正把这儿当成自己的企业来经营。”

“孩子们学习国家通用语言最重要”

范凌志　2019-01-25

地处祖国西端、与吉尔吉斯斯坦接壤的新疆阿克苏地区乌什县出了一位改革先锋、民族团结进步的践行者——乌什县前进镇国家通用语言小学校长库尔班·尼亚孜。在去年 12 月于人民大会堂召开的庆祝改革开放 40 周年大会上，库尔班·尼亚孜被授予改革先锋奖章。这位新疆大学毕业、当过老师也做过生意的维吾尔族汉子 2003 年自掏腰包 60 万元在家乡创办第一所民办国家通用语言小学，一坚持就是 16 年。库尔班·尼亚孜大高个儿，眼神里透出一股韧劲儿，他近日接受《环球时报》记者专访时表示，各民族一定要有包容心，而不是自我封闭，他坚信“学习国家通用语言、学习中华民族传统文化是维吾尔族孩子们最重要的事”。以下是口述实录：

我是 1982 年考上新疆大学的一个大学生。我的家在托什干河边，河对面就是新疆生产建设兵团一师四团。我爸爸看到对面的汉族同志用拖拉机种地后说：“种的庄稼就是比我们这边种的好，这就是科学的力量。”那时候，我们村没有人走出去，祖祖辈辈当农民。我本来是要做木匠的，但从小跟汉族孩子一起玩，让我感受到了不同的生产生活方式。我住的房子前边有个工厂的大喇叭，经常放《年轻的朋友来相会》之类的歌，我都学会了。当时我就认为，兵团的文化最先进。

受这些影响，我满脑子都是上大学，于是努力学习，终于考上新疆大学（中文系），我是我们乡第一个考上那里的学生。毕业后，我到阿克苏地区财贸学校当了一名国家通用语言老师，一干就是 13 年。但这 13 年对我来说是很痛苦的，因为我发音不准确，写字很难看，每天上完课我就赶紧把黑板擦掉，不好意思让人看到。我总觉得对不起那些学生，怕影响他们的未来，所以我一直很内疚。1998 年，我给学校打了报告辞职，因为我觉得以自己的水平来教国家通用语言

2019 年 1 月，乌什县前进镇国家通用语言小学学生在上语文课。（摄影：范凌志）

是在“骗孩子”。从学校出来后，我去内地做生意，比如温州的鞋便宜、安徽的药便宜，我就进货到新疆卖。我会国家通用语言，出去沟通也没问题，在内地和很多人一天就能打成一片。2001 年，我回到家乡，没有继续做生意，如果继续做的话，我可能会很有钱，但我总觉得心里很不踏实，高兴不起来，总想为家乡做点什么。2002 年的一天，我在路上碰到 3 个背书包的小学生，就问他们“去干啥”，他们说“上学去”。可是我们站的地方就有所学校，他们却没有往里走。我就说：“这不就是学校吗？”他们一脸自豪地说：“我们是去乌什县的国家通用语小学！”当时我就想通了，知道自己下一步要干什么。

乌什县是国家级贫困县，农村孩子的家庭教育普遍缺失，谈不上养成教育，更谈不上素质培养，个人爱好和个性发展无从谈起。而且那几年这里宗教极端思想很严重。我在开药店的时候，一个老太太带着女儿走进来。她女儿长了满脸水痘，我劝她赶紧吃药打针，老太太却呵斥我说：“你懂什么？这是因为我女儿太漂亮了，被人嫉妒遭了诅咒！”类似荒唐的事情当时还有不少。

我毕竟是上过大学的人，很想在当地给孩子提供一个好的教育环境。特别是新疆这样的少数民族地区，我们维吾尔族必须要从小学习国家通用语言，因为语言不通是我们走出去的最大障碍。而且，国家通用语言教学必须要从娃娃抓起。著名主持人尼格买提为啥那么厉害？因为他国家通用语言学得好，被全国电视观众认可。

刚开始办学并不是一帆风顺，比如当地老百姓有疑虑。比如我们一开始就决定学校只请汉族老师来上课，当地老师就担心失去自己的“铁饭碗”。另外，老百姓还有点害怕，孩子会不会天天跟汉族老师一起学而丢掉维吾尔族传统文化？2003 年开学，我好不容易招来 80 多个学生。上课第一天，家长们都在学校外边隔着栅栏看，不到两分钟教室里就“炸锅”了——因为孩子们没跟汉族老师零距离接触过，一个孩子紧张得哭了，传染全班都哭。有的孩子从门口跑出来，有的从窗户爬出来，不到 5 分钟，学校里只剩下 4 个人：我、我弟弟及两个老师。第二天，我厚着脸皮一家一户走访，跟家长说：“别生气，你给我两个星期时间。如果两个星期课上完，孩子们没有进步，我把一学期 600 块钱学费退给你，再倒贴 600 块！”一听这个，家长们同意了，不过，每天得有 5 名家长轮流在学校看着。

我为什么必须要请不懂维吾尔语的汉语老师？因为如果老师懂维吾尔语，孩子们就会产生依赖。刚开始的两个星期，我们把日常生活中的常见物品都拿到学校，一个词一个词地教。小朋友想喝水，想上厕所，老师都会引导他们用国家通用语说出来。有了这种情境教育，孩子们学得很快。后来我们还摸索着让孩子们结合肢体动作，明白每个词的真正含义，这种动态教学法很管用。怕有的孩子觉得背《三字经》很枯燥，我们发给每人一副快板，让他们学打快板，伴着节奏来背书。他们觉得快板呱嗒呱嗒响很好玩，甚至在家里也不舍得放下，自然而然就把书背熟了。

就这样，我们坚持了下来。第一届学生毕业参加小升初考试发榜那天，我跟老师们在办公室上网查分数，一会儿让老师们关了网页，一会儿又让打开，因为我不敢看。如果真的考砸了，倾注了这么多年心血的学校还怎么继续开下

库尔班·尼亚孜校长在给小学生示范打腰鼓。（牛海燕提供）

去？我甚至都想过，如果失败了就真的没脸再见家乡父老，干脆到内地隐姓埋名再也不回来了。最后，我让老师先查查平时成绩最差的孩子，一看竟然高出分数线很多。我心里有底了，全部32个学生的成绩出来，竟然大部分都考上初中，有的甚至考入“内初班”（新疆区内初中班）！大家抱在一起哭成一团。在这之前，有的家长还有疑虑，学校生源一直在摇摆；从那以后，学校再也不愁生源。第一批毕业的学生中还有一个这两年考上了清华！

如果国家通用语言学校只是教会孩子说“爸爸妈妈好、叔叔阿姨好”，那就错了，我们还必须要加强民族团结教育，特别是牢固树立中华民族共同体意识。我知道境外反华势力肯定说我推行国家通用语言教育是“消灭维吾尔族文化”，有机会我真的想开一个海外新闻发布会，跟说这些话的人面对面辩论。说这些话的人都是别有用心的人，他目的是什么？就是图谋把维吾尔族从中华民族中分裂出去！

学习国家通用语言、学习中华民族传统文化是维吾尔族孩子们最重要的事。

举个例子，维吾尔族能歌善舞，只在当地村子里弹热瓦普一个月能挣多少钱？累死了也就 5000 块。同样是民族歌曲，王洛宾和刀郎的歌为什么成为经典？因为他们的作品融入整个中华民族文化之中，是最具有生命力的。维吾尔人就只能跳维吾尔族舞吗？维吾尔人只能弹维吾尔族乐器吗？弹别的不行吗？太封闭了吧。我不是说要排斥维吾尔文化，而是各民族都要有足够的包容性。你不会国家通用语言、不懂中华文化的魅力，就从新疆走不出去，内地人怎么了解维吾尔族？怎么在更大的舞台上展现自己的才华？任何一个民族如果保守、封闭、僵化，拒绝接受现代文化，就一定会被历史抛弃和淘汰。

我经常说，现在还要再重申一遍：我们共同的民族是中华民族，我们共同的文化是中华文化，而我们共同的目标就是民族团结，实现中华民族伟大复兴的中国梦。在南疆这样的少数民族聚集区推行国家通用语言教育确实很困难，但我十几年的办学经历证明了这是完全能办好的。过去由于没有推行国家通用语言普及，我们付出了很多代价，所以我们不能怕困难，因为如果现在不推行，未来可能会付出更大的代价！

本报记者走访新疆驻村工作队

范凌志 2019-02-18

如果你有在新疆当公务员的朋友，估计常常会碰到这样的情况：他们很少在朋友圈发照片，偶尔发一次，很大概率是村头村尾、田间地头的场景。发条信息过去，也常是半夜才回，配上一句："抱歉啊，我驻村了，刚忙完。"自2014年以来，旨在访民情、惠民生、聚民心的"驻村"，已成为新疆各级政府机构、企事业单位干部工作的重要组成部分。"访惠聚"驻村工作进入第六个年头，工作队的生活是怎样的？给当地带来了什么？2月中旬，《环球时报》记者走访阿克苏地区各县，感受驻村工作队带给这片广阔土地的变化。

用脚步丈量"最后一公里"

阿瓦提县是著名的"刀郎人"的故乡，然而以"热烈奔放的刀郎木卡姆"示人的同时，贫困一直是困扰当地的顽疾。位于阿瓦提县的阿依巴格乡玉斯屯克阿依库勒村就是一例，该村有329户（1456人），2017年末全村有建档立卡贫困户68户（266人），占全村人口的近1/5。来自阿克苏地区卫健委（红十字会）的6名队员在这里驻村。

2月15日，《环球时报》记者来到该村村委会，这里也是阿克苏地区卫健委驻村工作队的办公地。记者看到，几名村民正跟工作队队员在"民情说事点"棚子下聊村务。棚子旁，两棵白杨树直耸云天，非常显眼。工作队第一书记王馨说，这是一株在1949年10月1日栽下、跟共和国同龄的"感恩树"，树上挂有村民装饰的彩绘葫芦，树旁有一台破旧的木轮车，是解放前当地农民的劳动工具，"两样东西对比鲜明，有忆苦思甜的意味"。

新疆地处祖国西部，因时差问题，当地的正常上班时间一般为北京时间上午10时。但王馨和队员们每天从早上7时半就开始工作了。第一项工作是晨会，接下来到工地查看项目进展，午饭后会在“民情说事点”听取村民诉求，晚上要办农民夜校、核对账目。如此一来，忙到凌晨 2 时是常事。

“去年刚从别的驻村工作队调来时，村里还没有水泥路，老乡打趣说这里‘晴天一身土，雨天一身泥’。还有人跟我说，王书记，你别想着一年干 300 件事，你只要把修路这一件事干好了，全村人都服你！”王馨说，队员们有私家车，但大家谁都没再开，“因为修路这‘最后一公里’就要用脚来丈量，摇下车窗跟老乡打招呼远没有走路或骑自行车来得亲近”。最终，一年时间，村里 4 个村民小组的 5.7 公里路面全部进行硬化，修成了水泥路。

面对如此大的工作量，驻村工作队的细致程度如何？ 14 日，在自治区信访局驻温宿县喀拉萨村工作队设立的“石榴籽”工作室，《环球时报》记者看到一本本《群众反映困难和问题台账》。厚厚的台账每一页都注明诉求人的家庭状况、困难诉求、责任人、解决办法和时限、解决情况及群众满意度等。

喀拉萨村位于城乡接合部，流动人口多、管理难度大。近年来，随着一批民生项目的实施，房屋拆迁补偿、土地承包、民工工资等信访问题呈现高发多发态势。《环球时报》记者了解到，每天的晨会，工作队队员都要分别汇报入户走访时了解到的群众困难诉求，统一分类整理登记到《矛盾纠纷登记台账》，明确责任人和解决时限，实行问题解决销号制度，通过“当场解决一批、协调有关部门办结一批、宣传政策当面答复一批、筹集资金化解一批”等方式，使群众诉求得到有效解决。

晚上 8 时，《环球时报》记者准备离开喀拉萨村时，随口问自治区信访局驻村工作队副队长西日艾力·吾修尔：“该下班了吧？”西日艾力笑道：“我们无所谓‘下班’，全天候待命。”

“以后我要教育好孩子，开好店，赚钱！”

“访民情”只是迈出的第一步，如何去极端化，并带领群众脱贫，做到“惠民生”“聚民心”，对阿克苏这样的南疆地区才是最难啃的骨头。以阿依库勒镇为例，这个在维吾尔语中意为“月亮湖”的地方，以前的状况与其美丽的名字大相径庭。“几年前，群众受宗教极端思想影响，全镇的所有商店买不到烟酒；防治脊髓灰质炎的糖丸被谣传成会造成妇女不孕不育；政府给贫困家庭申请低保，贫困户却因被宗教极端分子阻止而不敢领取……”一位当地干部这样描述。

为铲除“毒瘤”，驻村工作队坚持帮助群众去除宗教极端思想、培养正确观念。据统计，2018 年上半年，阿克苏地区地、县、乡三级干部全部定期下沉入村，半年内先后两次入驻 37.2 万群众家中，走访 163 万户次。

摆脱宗教极端思想的侵蚀，民众才能放开手脚一心致富。根据工作队提供的资料，受极端思想影响，个别贫困户内生动力不足，“等靠要”现象严重，再加上产业基础薄弱，2017 年，玉斯屯克阿依库勒村被确定为自治区级深度贫困村。

令人欣喜的是，《环球时报》记者已能感受到积极的变化。走进“夏荷兰”农民专业合作社崭新的调味料车间，几名女工正在娴熟地进行包装工序，孜然和辣椒粉的浓香很容易勾起食欲。合作社负责人艾麦尔·莫明在接受采访时开心得合不拢嘴：“去年合作社在驻村工作队的帮助下扩大生产规模，现在有 22 名工人，来自 12 个贫困户，每年销售额约 150 万到 200 万元。合作社从村民手里收购原料，去年底给贫困户分红 8.1 万元，再加上他们每月平均 2000 元的工资，也就是说，在这里工作的村民多了三项收入！”

在阿克苏最西边的乌什县，新疆维吾尔自治区党委组织部、老干部局驻村工作队正在前进镇托万克麦盖提村推动开展各种技能培训。16 日，《环球时报》记者被当地一排排崭新商铺所吸引，这些种类繁多的商铺同时也是村民培训学校，内容涵盖驾照、电焊、面点、刺绣等。37 岁的阿吉然木·艾买提刚烤好一盘西式面点，已是两个孩子母亲的她很乐意分享自己的幸福。这份幸福不仅源于自己的月收入从原来的 1500 元涨到 5000 元，更来自两个孩子分别在当地设施最齐全的国家通用语言小学和幼儿园就读。谈到未来，她回答得很干脆：“以后我要教育好孩子，开好店，赚钱！”

为更好地为村民排忧解难，2017 年 10 月，驻村队员在村里建起“365 工作站”。《环球时报》记者了解到，由村第一书记、驻村工作队队长李科琼带头，

2019年2月，阿吉然木·艾买提刚亲手烤好一盘西式面点。（摄影：范凌志）

工作队员和村干部轮流值班，工作站确保每天有1至2人坐班，准确记录村民所求所盼，形成事事建档、办理、反馈、回访工作机制。一年多来，“365工作站”共组织635名村民在本地就业或外出务工，动员30多名村民开设商铺和夜市。

“有杠杆，公平公正，老百姓就会信服你”

《环球时报》记者走访期间，不止一次听到工作队队员们自嘲刚驻村时的“惨痛经历”。被蚊虫叮咬、水土不服是“必修课”。“皮肉之苦”容易克服，很多队员最在意的是如何跟村民增进信任，真正做到“吃一锅饭、坐一张床、睡一间屋”，从而激发全村脱贫攻坚的积极性。

对这个问题，李科琼有自己的“窍门”。他认为，单纯的说教行不通，首先要让老乡们看到实效。另外，针对个别贫困户“等靠要”，一定要“以奖代补”，不能搞“普惠制”。“有次来了一批电视机，大约50台，是准备给贫困户的，我就利用这个机会推广种植木耳，谁报名谁才能上台领电视机，结果一些原本

2019年2月，前进镇托万克麦盖提村的妇女正在一起练习刺绣。（摄影：范凌志）

以为自己肯定能拿电视机的贫困户傻眼了，纷纷要求种植木耳。”

李科琼告诉记者，驻村工作队还制定实施积分制管理办法，村民参与公共事务获得相应积分，在周一村民大会上领取积分券，会后在“爱心超市”兑换相应商品，不仅引导村民通过劳动实现自身价值，而且增强了村民参与村级公共事务的主动性。“一定要有杠杆，做到公平公正，老百姓就会信服你。”李科琼说。

根据公开信息，从2014年开始，前后5批约5.6万个驻村工作队遍布新疆各地，5年间，35万人次驻村干部走访群众3.8亿人次。作为其中一员，李科琼认为，自治区党委作出“访惠聚”驻村工作的决策非常正确有效，“自治区第九次党代会以后，对驻村工作的要求越来越严，标准越来越高，机制也越来越完善。从刚开始的了解情况、反映问题、加强党群干群关系，到后来真正和老百姓一起抓稳定、抓脱贫攻坚、加强基层组织建设、占领舆论阵地，虽然我们的确很辛苦，但这个工作是必须要做的。因为成效非常显著，从现在老百姓的精神状态就能看出，他们的确跟党和政府的感情是血浓于水的！”

在南疆听警民讲述“砺剑戍边”

范凌志 刘　欣　2019-04-30

护边员托乎提·提来西的手被高海拔阳光晒成紫红色，粗糙得像一公里外的别迭里烽燧。他也许不知道这座烽燧曾留下班超、玄奘、李白等历史名人的足迹，但他清楚，这里是祖国的边疆，是他家几代人保卫的地方。与内地不同，边境地区警民在维护日常社会治安外，还承担着守边、护边、巡边的重任……新疆安全形势近些年得到极大改善，这离不开边境地区对非法出入境“一个出不去，一个进不来”的有效管控。4 月下旬，《环球时报》记者走访新疆阿克苏边境地区，感受当地党、政、军、警、兵、民“六位一体”立体化管控取得的成效。位于中吉边境的英阿特边境派出所食堂里，一名民警以茶代酒，向记者喊出肺腑之言：“请转告内地群众，边境有我们在，你们放心！”

边境警察——细致踏查必不可少

新疆之大，让每一个来这里的人终生难忘。即使是边境县，从县城开车到边境管理区也要耗费半天的时间，好在一路上有天山壮美的风光做伴。从阿克苏温宿县城沿土和高速向东行驶，当《环球时报》记者正努力辨认天山最高点托木尔峰时，车已不知不觉驶入群山。

记者要走访的破城子边境检查站扼守着一个“Y”形分岔路的交界点——“Y”的一支通往拜城县，另一支则是号称“新疆三大徒步线路之一”的夏特古道。夏特古道横穿天山山脉，连接伊犁昭苏县和阿克苏温宿县，自古以来就是南北疆之间的捷径。

破城子检查站办公楼前的操场上，一左一右立着两块巨石，上边分别刻着“古道砺剑、忠诚戍边”八个大字。办公楼前后都是光秃秃的石头山，远处则是终年不化的皑皑雪山。让《环球时报》记者没想到的是，检查站恶劣的环境在一名女干警口中竟有几分诗意，她笑着说："我们这是开窗见雪。"

检查站民警雷鹏和他的同事正在检查一辆路过的卡车。送水泥的卡车司机热仆拉提·亚森和雷鹏认识，但检查流程丝毫没有省略。当热仆拉提拿着身份证站在机器前接受身份核查时，民警们也在细心检查他的卡车。雷鹏说："不能因为是熟人就放松要求，这是原则。"检查完毕后，他带《环球时报》记者走进警务室，两名干警正在一块大屏幕前值班。据了解，一旦发生警情，这里第一时间就能与相关部门取得联系，为下一步部署和处置赢得时间。

破城子检查站每年要检查汽车 1.3 万多辆，人员 5 万余人。通常每年要挡回证件不符人员与旅游探险人员各 100 余人。更重要的是，在企图非法越境的涉暴恐分子眼中，检查站无疑是一把利剑。"全疆优秀人民警察"艾力卡木·艾尼瓦尔回忆说："2014 年，有 3 个陌生人到了边境，偷偷摸摸像贼一样。我们第一时间出警，发现他们的行李中有地图、望远镜、爬山工具，甚至还有刀。经过逐步核查，这 3 个人正是想越过边界，去境外参加暴力恐怖组织。"

2019 年 4 月，新疆阿克苏拜城县老虎台民兵骑兵连正在巡逻。（摄影：范凌志）

破城子检查站厨房里的气氛轻松了很多。一名少数民族女干警正在煮面片汤，看到记者的相机，她有点不好意思地笑着转过头。雷鹏说："午餐的菜有一部分是干警们自己种的，毕竟这里被大山包夹，自力更生、就地取材能省去不少工夫。"

从地形图上可以清晰看到，新疆阿克苏边境地区山河交错、地形非常复杂，暴恐分子一旦潜入深山，很难被人发现。在这样的情况下，细致的边境踏查是必不可少的。2019 年初，全国公安边防、警卫部队转改官兵集体换装入警。同全国其他地方一样，新疆的"边防派出所"也换牌为"边境派出所"。阿克苏边境管理支队英阿瓦提边境派出所副所长张振威向记者回忆起 2015 年 4 月的一次踏查："到汇合点至少翻了 10 座山，有的山坡倾角竟有六七十度，新买的登山鞋回来就烂得只能扔了。晚上睡在地窝子里，风呼呼地往里灌，还能听到狼叫。"张振威说，刚开始自己不明白为什么要去这些人迹罕至的地方，直到 2015 年年底警方和当地群众在 1300 多平方公里山区范围内围捕"拜城 9・18 案件"暴恐团伙，找到躲在偏远山洞里的暴恐分子，他意识到这样的踏查"真的很有必要"。

自然条件恶劣，是什么支撑着这些民警在边境地区扎根？在位于中吉边境的英阿特边境派出所里，民警阿里木江・阿不来提向《环球时报》记者讲起悲伤的往事："11 年前，我的汉族老班长被暴恐分子残忍杀害。记得刚入伍时，我连'向左转''向右转'的口令都听不懂，是他在新兵连教会了我一切。"阿里木江红红的眼眶里含着泪，他说："当我听说他遇害时，恨不得拿一把枪把暴恐分子全都消灭。维护国家安全是我们的责任，我要用心来保卫国家的每寸土地。"

从军人变为边境警察，但民警固守边防线的使命却并未改变。在英阿特边境派出所的办公楼里，一份《关于进一步加强民警体能训练的通知》引起记者的注意。该通知要求边境警察在"脱下军装，换上警服"后，日常的体能训练要在思想认识上"不丢弃"、制度落实上"不打折"。该通知还附有一份分年龄段的"体育锻炼标准评分表"。

南疆护边员——当好“千里眼，顺风耳”

作为边防反分裂、反恐怖、反渗透斗争的“千里眼，顺风耳”，护边员发挥的重要作用不可忽视。破城子检查站民警艾力卡木·艾尼瓦尔告诉《环球时报》记者，2012 年 1 月的一个大雪天，自己正在值班，下午 4 时多接到来自一名护边员的电话。艾力卡木 · 艾尼瓦尔说：“护边员去山上看羊圈时发现 5 个可疑人员持长刀在山里乱走。接获信息后，我们迅速出警将他们抓获。原来，这些人都参加过乌鲁木齐‘7 · 5 事件’，这次到边境是想‘出去干大事’，幸亏护边员及时发现警情。”

“护边员基本全是当地农民、牧民，他们对边境各方面情况都非常了解，知道防控重点。”据阿克苏温宿县边防办负责人舒亚帮介绍，以破城子边境检查站所在的博孜墩乡为例，该乡共有护边员 800 余名，统一配发摩托车、电棍、望远镜等巡边器械，并提供护边员执勤房。《环球时报》记者在采访中了解到，政府除了为执勤点提供米、面等基本生活物资外，从 2004 年开始为护边员发放补助，从当初每月 260 元提高到现在每月至少 2000 元。在条件特别恶劣的地区补助金额还会更高。

当《环球时报》记者来到乌什县亚曼苏柯尔克孜民族乡护边员托乎提 · 提来西的执勤点时，他兴奋地宣布自己的儿子、儿媳在去年也成了护边员。相比于同为护边员的父亲和祖父，托乎提赶上了更好的时代。他告诉记者：“我的爷爷居马巡边时，只能找个地窝子蜷缩起来，用湿柴火取暖。”看到记者要拍照，高大的托乎提特意扣紧领口的扣子，让自己看起来更挺拔。在提问过程中，托乎提的保密意识让记者印象深刻。谈到地形地貌、巡逻频次等具体信息时，他总是礼貌地笑笑，避而不答。托乎提说：“如果不能严守纪律，管不住自己的嘴巴，泄露秘密，或者睁一只眼闭一只眼，发现了当没发现，有情况当没情况，那么我们的边境安全怎么才能得到保障？”

护边员并不只是维护边境安全，救助遇到困难的牧民也是日常工作之一。在托木尔峰脚下的温宿县骑兵二连，59 岁的民兵连长达吾提 · 沙吾提正带着民

乌什县亚曼苏柯尔克孜民族乡护边员托乎提·提来西（摄影：范凌志）

兵进行隐蔽训练，发现可疑情况时，民兵和马匹可以在两分钟内悄无声息地隐入山林。有一年春天，深 70 米的大峡谷牧民点下了暴雪，牧民达尼尔·玉山和 30 多只羊被困在谷里。达吾提带领民兵赶到现场，解下随身携带的绳索连接在一起，捆在身上后一点点下到谷底，将人和羊一一救出。护边员还是“马背上的宣传队”。2015 年，牧民吐拉浦·托克提和艾依提·巴克因草场划分产生纠纷，达吾提向两人耐心讲解国家草场的法规政策和《村规民约》，及时解决问题。吐拉浦·托克提说：“大家都服他，因为他说得有道理。”

由于边境管理区域点多、线长、面广，边境防控任务极为繁重。《环球时报》记者了解到，护边员都是从生活在边境区域的群众中选拔出来的，不仅要求政治素质高，身体素质好，还要具有一定的观察分析能力、灵活应变能力。不间断的学习、培训，保证护边员胜任岗位、履行职责，成为边境前沿的信息员、预警员和哨兵卫士，确保召之即来、来之能战、战之必胜。

“人民战争”新亮点——辖区智能化管控

“新疆一盘棋，南疆是‘棋眼’。”这是一句精准概括新疆反恐维稳大局的表述。阿克苏地处南疆中心区域，维稳形势异常严峻复杂，历来是新疆反分裂、反恐怖、反渗透斗争的前沿阵地。在南疆采访过程中，《环球时报》记者注意到，“筑牢防线”被当地干部和群众挂在嘴边，边防意识更是深入人心。无论在边境派出所还是护边员执勤点，当记者问起非法出入境事件时，得到的回答大多是几年前甚至十几年前的案例，两年以内的案例非常少。这从一个侧面印证了近年来边境管控的“人民战争”成效显著。

辖区这么大，而且山川河流纵横交错，如何保证没有死角？据了解，近年来，阿克苏地区建立起集党、政、军、警、兵、民“六位一体”的联合管边控边防控体系，形成“地方党委统一领导、边防部门主导推动、成员单位合力建设、边民群众广泛参与”的立体化防控大格局，大大提高了管边控边效能。除扩充护边员队伍，一些先进的技术手段也被运用到日常边境管控中。

2019 年 4 月，阿克苏地区的民兵骑兵正在训练。（摄影：范凌志）

“以电子雷达预警系统为例，理论监测半径达到数十公里，可以对快速移动的目标进行定位、追踪及报警。”英阿特边境派出所的讲解民警这样告诉《环球时报》记者。记者还看到在派出所宣传栏贴的《2019年工作任务》，上面写着：“致力推进科技深度应用，加快管控方式向智能化转型升级。”在介绍边境管控经验及未来的工作部署时，阿克苏地区相关干部表示，将继续在提高政治站位、健全组织领导的前提下进行高位谋划部署。把发挥基层党组织、广大护边员的作用和现代科技手段紧密结合，坚持人防物防技防一体共抓，全面构建起“纵向到底、横向到边，无缝隙、无盲区、无空白点”的立体化边境管控格局，全力打造数字边境、智慧边境，有效维护边境安全稳固，坚决把风险隐患封堵在国门之外。

“除了维护自身安全，中国在反恐问题上的举措也是对国际社会负责。”反恐专家李伟告诉《环球时报》记者，当前国际恐怖主义活动一个非常重要的特点是内外勾结，新疆的边境管控措施有效地斩断了这种联系，很大程度上制止了“三股势力”的发展传播，为国际反恐事业作出了不可忽视的贡献。

稳定红利 感受正释放活力的南疆旅游

范凌志 2019-05-24

新疆有多大？有个段子说，一个青年立志在两年内周游世界，起点设在新疆，结果三年过去了，他还在新疆。新疆有多美？这里囊括了高山、湖泊、沙漠、河流等各类自然景观。当安定团结早已成为新疆的主基调，疲于在其他景点挤来挤去的国内游客，如今是不是也该将更多目光投向大气磅礴的祖国最西端了呢？5月下旬，《环球时报》记者走访阿克苏各县市，感受稳定大局下南疆旅游业不断释放的活力。

国际赛事给小城带来契机

5月19日，维吾尔小伙阿迪力·热合曼（化名）正在阿克苏电影小镇的自家摊位前忙活，“穆塞莱斯”酒（一种刀郎人酿造的葡萄酒）是他家的主打商品。这是一种“后劲儿”很大的酒，初入口甘甜冰爽，人们会觉得很好喝，多喝点也“没事儿”；但几杯下肚后容易醉眼蒙眬，这是“来事儿”。因此当地人用谐音戏称此酒为“没事来事”。

在此5天前，也就是阿迪力刚来这里摆摊时，他每天的收入只有两三百元。随着阿克苏第十五届“多浪·龟兹”文化旅游节和2019年中国环塔（国际）拉力赛发车仪式相继开始，阿迪力19日的收入已经破千。“我家在机场也有店面，同样卖土特产。”阿迪力对《环球时报》记者说，仅仅在两三年前，他每年收入只有1万多元，现在已达到5万。阿迪力不善言辞，但挂在他嘴角的笑容说明他对现状很满意。

这些天来，一系列旅游业相关活动的开启让阿迪力这样的阿克苏民众心里有了底。2019年中国环塔（国际）拉力赛发车仪式就在几百米外的环塔大营举办。起点前，参赛车队按次序亮相，车手们故意将爱车的引擎声浪飙到最高，

2019 年 12 月，阿克苏地区的一对父女在滑雪场游玩。（摄影：单劼）

与两侧支持者的欢呼组成令人血脉偾张的合奏。

“环塔”是“环塔克拉玛干”的简称，这项创办已有 14 年的赛事是国家 A 级体育运动比赛项目，也是亚洲规模最大、线路最长、难度最大的越野拉力赛事。“有多残酷？首先，车手和领航员要在塔克拉玛干沙漠的高温里比赛，地表温度甚至能达到 60 摄氏度以上，这对体力是个考验。”杭州“RZOIL 龙行天下”车队的讲师孙凯对《环球时报》记者说，另外，在沙漠中跑意味着没有团队可以帮你处理各种突发状况，哪怕一颗螺丝钉坏了都有可能严重影响成绩。他表示，南疆有塔克拉玛干这个世界第二大沙漠，自然条件罕见，非常适合开展越野拉力赛事。据了解，参加本届环塔拉力赛的车手将在 15 天内战高温、穿沙海，于 6 月 2 日在新疆和田市收车，总里程达 5000 公里。

国际体育赛事在南疆小城的影响力不仅限于体育领域。《环球时报》记者在一份活动议程中看到，当地政府围绕环塔拉力赛策划了 9 项活动，包括公益助学、招商推介、旅游节、美食大赛等。以美食为例，紧邻环塔营地的“美食

2019年“环塔”拉力赛的出发点（摄影：杨若愚）

2019年5月，“环塔”拉力赛的两名选手正在交流。（摄影：杨若愚）

嘉年华”不仅可以尝到烤羊肉串、抓饭、酸奶等新疆特色美食，还可以品尝到来自全国各地的风味小吃：湖南臭豆腐、台湾蟹黄牙签肉、海南椰奶……

“我们也邀请内地一些文化旅游企业带着当地农副产品来参与活动，让内地美食跟新疆美食比一比！”阿克苏地委委员、行署副专员常玉轩对《环球时报》记者表示，这些活动把文化展示、旅游体验和体育赛事紧密结合在一起，充分挖掘与利用各个县市的旅游资源，给游客展示全新的阿克苏形象。

整合旅游资源，南疆的干部与群众怎么做？

阿克苏是古丝绸之路上的重要驿站，为古代西域三十六国温宿国、龟兹国、姑墨国所在地。这里有 1 处世界自然遗产、3 处世界文化遗产，遗产地总面积和分布点全疆第一。著名旅游资源包括被誉为“活的地质史教科书”的天山托木尔大峡谷、中国最长内陆河塔里木河以及塔克拉玛干沙漠等。

阿克苏地区 2019 年的旅游接待人次预计达 975 万，旅游收入预计为 56 亿元，同比增长分别为 41% 和 42%。旅游就业人数 7.4 万，同比增长 23%。今年 1 月至 4 月，阿克苏地区接待疆内外游客 283.9 万人次，旅游收入 16.53 亿元。

2019 年 5 月，阿克苏地区温宿县塔格拉克村村民在卖烤肉。（摄影：杨若愚）

2019 年 5 月的阿克苏地区温宿县塔格拉克牧场旅游区（摄影：杨若愚）

“近两年，新疆旅游接待人次出现井喷式增长。这一方面得益于 2014 年以来稳定的社会环境，另一方面是由于旅游兴疆战略的实施。”当被记者问及如何取得了这份亮眼成绩时，新疆阿克苏多浪龟兹旅游发展股份有限公司副董事长张辉这样回答。该企业是地区一家国有旅游集团公司，主要目标是挖掘“多浪、龟兹”两大文化内涵，提升旅游产业核心竞争力。

当地政府如何做到将一个宏大战略理念注入每个乡村，并对南疆丰富的旅游资源进行整合？《环球时报》记者 21 日来到当地人称“天山托木尔平台子”的温宿县塔格拉克牧场旅游区寻找答案。这里海拔 2500 米，紧邻天山最高点托木尔峰。有些意外的是，尽管这个地方对内地人来说还很陌生，通往塔格拉克的乡道为保障环塔拉力赛也会采取封路措施，但记者却不是牧场唯一的访客。远处的草场不时传来欢呼声，那是游客在学习骑马；餐饮区的牧民正在宰羊，为客人准备午餐。

“我们的羊肉现在供不应求，一天最多能宰 150 只，每公斤卖 120 元。看上去有点贵，但这是实打实的好羊肉，而且价格包括宰杀和烤制。”温宿县柯柯牙镇塔格拉克村第一书记刘翔在这里驻村已是第二个年头，脸已被强紫外线晒成“健康色”。他一边推介当地羊肉，一边告诉记者当地整合旅游资源的思路：“新疆阿克苏多浪龟兹旅游公司除了对塔格拉克景区作了整体规划，还引导村民发展乡村旅游，投入 8 万余元帮助成立合作社，计划用 3 万元资金开展农牧民旅游技能培训，并为村民统一定制服装。村民参与其中，加入合作社不需要任何投入，只需要手头的蒙古包、马匹和技术，村干部负责监督。”

塔格拉克村周围是高山牧场，地处边境管理区。由于自然条件限制，每年只有 5 月至 9 月适合旅游。这里几乎所有的花都比内地晚开一个多月，村里想利用这个“时间差”，在当地打造“花海”景观。“我们专门请来新疆农科院的专家对这里各方面情况进行评估与调研。”刘翔说，在不适合放牧、旅游的季节，牧民就回到村里从事养殖，也有人会去外地打工。

2018 年，“天山托木尔平台子”景区总共接待游客 10 万人次。刘翔估计，今年会超过去年，“上星期，我们接待了 2000 多人次，五一期间达到 5000 人次”。据记者了解，塔格拉克村共有 262 户村民，包括旅游、农业收入以及每人获得

2019 年 5 月温宿县塔格拉克村村民卖食品饮料等的移动摊位（摄影：杨若愚）

2019 年 8 月阿克苏地区夜总会里的人们（摄影：刘欣）

的至少 7000 元的草场补贴，人均年收入近 9000 元。

旅游业发展的同时，当地村民的眼界更加开阔，观念更加开放。移动支付的使用在南疆旅游景点非常普及。家里有考到内地的大学生，他们假期回家还会到农民夜校向乡亲们传授科技知识。

在推介当地、吸引游客方面，阿克苏也下了大力气。21 日，《环球时报》记者参观了于 2017 年 12 月落成的阿克苏博物馆新馆。资料显示，该馆投资额为 1.8 亿元，建筑面积 1.8 万平方米，馆藏文物 11274 件。最令记者印象深刻的是数字化展厅，游客可以通过点击大屏幕上古丝绸之路的每一个节点来获取信息，还可以给最喜欢的文物点赞，甚至可以在互动游戏中穿上古龟兹人的服饰拍照并将照片传到自己手机。“这是全新疆第一家数字化展厅！”漂亮的维吾尔族讲解员显得很自豪。

安全稳定是前提——居民很少紧闭院门

“稳定红利”是当地干部谈到旅游发展时必提之词。新疆之所以能集中力量发展旅游兴疆战略，安全稳定的社会环境是前提条件。随着近年来自治区各级党政机关围绕社会稳定和长治久安的总目标，坚持“依法治疆、团结稳疆、长期建疆”的治疆方略，南疆早已不是内地人心中那个“不安全的地方”。

走在阿克苏市街头，你不会感到这里跟内地城市有区别。王三街夜市能让每晚到访的游客迷上新疆美食；居民的院门很少紧闭，如果你口渴了想吃桑葚，随便找一户人家敲门进去，主人都会热情相待。

“说真的，你拿着100万现金在街上走都没有问题！”在环塔拉力赛现场，来自阿拉尔市的“胡杨”救援队队长罗彦森跟《环球时报》记者谈起他对新疆安全形势的感受：“我以前是开宾馆的，前些年形势不好，年年都在亏本，一些大型活动也很难开展。这两年好了，很多内地朋友喜欢来南疆自驾旅游，外国人也多了。”

2019年12月，拜城一处滑雪场游人如织。（摄影：单劼）

多年从事赛车运动的孙凯告诉记者：“同样是国际拉力赛事，跟达喀尔拉力赛相比，环塔拉力赛在安全方面其实要好太多了！当年由于恐怖主义威胁，达喀尔拉力赛被迫从非洲搬到南美，导致达喀尔拉力赛走下坡路。我相信，这种情况在新疆不会发生。”

当《环球时报》记者在“天山托木尔平台子”景区的采访接近尾声，刘翔借这一机会向内地群众发出真诚的邀请：“人们都说新疆是个好地方，新疆各族群众非常好客。现在交通很便利，其他地方有的我们这有，他们没有的我们也有！欢迎内地朋友亲自来看一看新疆的变化，感受祖国的发展！”

新疆干警：如果答不出我的三个问题请你们闭嘴！

范凌志　2019-07-08

新疆反恐怖主义和去极端化斗争取得了重要阶段性成果，但斗争形势依然严峻复杂。在这场复杂的斗争中，有一群人在常人想象不到的险恶环境里默默负重前行。

7月4日，《环球时报》记者采访了和田地区两名一线公安干警，听他们讲述反恐一线斗争中的温情和壮烈。以下是口述实录（为保护受访人，文中均为化名）。

我是去和田夜市最多的人，但我没有在那吃过

我是阿依古丽·库尔班（化名），2011年加入和田地区公安局特警支队，现在在和田市公安局特巡警大队女子中队工作。我现在的主要工作是在和田夜市巡逻，从每天傍晚到夜里一两点。我可以说是去和田夜市最多的人，但我从没在夜市吃过饭，因为我们有纪律，执勤时间不允许打电话、聊天、吃东西。

我有一个还没上学的儿子，由于工作原因，我能见他的时间很少。有时候孩子想我，哭闹着要妈妈，老人就把他带到夜市，这样我们就能远远看上一眼。和田夜市很有名气，游客特别多。有时候，在夜市看到找不到爸爸妈妈的孩子，我瞬间就会想起自己的孩子，想如果是我的孩子就这样丢了，我得有多伤心。所以每次遇到这种情况，我都一定把孩子安全地交到监护人身边才会安心。

所以，不要觉得我们警察就有多么特殊，我们也是普通人，也是普通孩子的爸爸妈妈。

西方反华势力，如果答不出我的三个问题，请你们闭嘴

我是和田地区公安局国保支队干警黎剑（化名），2012 年入警进入特警支队，2014 年调到现在的工作岗位。在特警支队的近两年时间，我参加过重大的反恐处突行动。最令我印象深刻的是，2013 年的夏天，和田某地发生了一起群体持械聚集的暴力事件。一名“野阿訇”公然煽动一伙暴恐分子在和田制造打砸抢烧事件，他们手持砍刀、棍棒、石头等凶器，马上就要出发实施暴恐活动。

当时我正在办公室，对讲机里突然喊出让我们“立即集合！”“立即”这个用词意味着我们要在 1 分钟之内带上所有装备登车出发。很快，我们就抵达现场，开始用大喇叭进行喊话，要求他们放下凶器归案。但这群暴恐分子人数远远多于警察，气焰十分嚣张，他们不但不听，反而开始冲击警车。十万火急的情况下，我们选择果断处置，暴恐分子立刻被吓得四散逃跑。和田警方连夜组织警力，将潜逃的暴恐分子全部抓获归案。

我到现在都清楚记得，一名暴恐分子寒光闪闪的砍刀离我只有两三米远。那是我从警以来，面对暴恐分子最近的一次，我第一次见识了他们的残暴。虽然我们内部培训时看过暴恐分子残忍的手段，但真正身临其境时，对方的疯狂还是超出你的想象，死亡就在面前的感觉让人终生难忘。当时我们的办法就是大家背靠背结对，并不停高声呼喊，尽量保持沉稳。高声呼喊就是让战友知道你还在，相互打气，并保持队形不散乱。我记得那天事态控制住后，包括我在内很多干警的手都在抖。

后来我专门研究过，在五米范围内，冷兵器和热兵器对抗，冷兵器是占优的，因为冷兵器的伤害是一道面，而热兵器只是一个点，在首发不命中的情况下，将会面临及其大的危险。

这件事发生后，很长时间我都没有跟父母讲，一是有纪律，二也是怕他们揪心。后来我告诉他们时，只是淡淡说了句：“没事，我们人多。”但实际上，那天对方人数远远多于我们，仔细想想，与其说我们兵分几路围堵暴恐分子，还不如说我们是“被围”的。不过，在事件发生时根本顾不上害怕，所有的怕

2019 年 7 月，新疆居民在乌鲁木齐大巴扎跳舞。（摄影：崔萌）

都是后怕。

还有一次，我们去洗浴中心抓捕一名暴恐分子，干警对他进行言语控制让他出来投案，结果他走出来，手里却有一把锋利的匕首！我的一名战友当场就倒在血泊之中。因为当时是在一个狭小的通道里，没法开枪，只能搏斗。好在我们迅速把战友救出，最终抢救了过来。那天，我们支队自发地带枪轮班当这位战友的警卫，因为我们不知道暴恐分子离我们多远，报复何时会到来。

从警这几年，见过生死，感触也比较多，经历过这些才知道和谐稳定对一个国家多么重要。新疆现在 30 个月没有出问题，这是全疆各族干部群众以及公安战线上的干警用汗水甚至用鲜血换来的。中国古话说，“打江山容易，守江山难。”我们不能因为取得一点成绩就马放南山，我们要以高度责任感和紧迫感把反恐维稳工作做好。现在 30 个月不出问题还不够，我们要 40 个月、50 个月，直至实现社会稳定和长治久安总目标。

为什么不能松懈？因为我们平时做敌情研判分析发现，境内外的网络勾连，境外遥控指挥境内犯罪分子是最常见的手段。换句话说，“土生土长”的暴恐势力几乎没有。过去，他们通过走私、网络传播等手段让大量暴恐音视频流入境内。现在自治区去极端化工作开展后，网络非法传播暴恐音视频已经很少见，但还是有零星的案例。这证明境外“三股势力”一直没有放弃对我们的渗透，一旦有机会，他们就会死灰复燃，而且总是来自某些国家。

一些西方反华势力也总是打着“自由、人权”的幌子，从不放弃对新疆以及公安干警的污蔑。我现在特别想问某些西方反华势力三个问题：

“你们亲眼见过无辜的百姓被杀害吗？”

“你们见过出生入死的兄弟倒在血泊中吗？”

“你们直面过寒气逼人的砍刀吗？”

如果没有，那请你们闭嘴！

第二章
谎言如何被戳穿？

“集中营”“失踪”“迫害”……这些惊悚的词语经过罗列，就可以“无缝对接”西方反华媒体的任何一篇涉疆报道的文章后半段当新闻背景。它们只需要在前半段换一个人名或者事件，一篇转载量可观的“报道”就出炉了。

造谣，被打脸，再造谣，继续被打脸……在涉疆话题上，西方媒体被意识形态驾驭的报道似乎走入了一个无聊的循环。可悲的是，它们仍然对炮制假新闻乐此不疲。当我们真正近距离接触西方媒体笔下的当事人，就能发现那些靠着话语霸权来支撑的刻意扭曲和双重标准有多么脆弱。谎言重复一千遍，也成不了真理。

报道新疆，西方媒体难逃“三宗罪”

白云怡 谢文婷 2019-03-21

从去年至今，新疆事务成为西方媒体最爱炒作的中国话题之一。“中国正在兴起一场大规模的拘禁穆斯林的行动”，“政府把百万人关入集中营”，“九十年来最大的人权危机”……《纽约时报》、CNN 等媒体使用的标题、语句耸人听闻。但仔细研读不难发现，这些报道字里行间充满漏洞，或是没有确凿的来源依据，或是刻意扭曲甚至编造事实，它们选择性地断章取义，并且充满双重标准和话语霸权。其实，这是某些西方媒体常用的套路，美国网红内森就因揭露这种“套路”而在社交媒体上走红。同样让这些西方媒体的所谓事实性报道显得苍白无力的，还有维吾尔族摄影师库尔班江——他跟拍过许多海外新疆人的故事，以及土耳其记者艾尔肯——他长期关注西方的新疆报道与“东突”动向。《环球时报》记者近日对他们进行采访，并梳理出部分欧美媒体在新疆报道中的“三宗罪”。

罪一——捏造事实、无中生有

3月13日，美国国务院发表《2018年度国别人权报告》。在谈及涉华内容时，美国务院人权事务局负责人使用“闻所未闻”“集中营”“折磨”“虐待”等词汇对中国的新疆治理政策进行攻击和指责。

这名美国官员话里话外都在把中国政府比作二战时迫害犹太人的纳粹。这一类比其实并不稀奇，从西方近两年开始大规模炒作新疆话题伊始，几乎所有欧美媒体在报道新疆职业技能教育培训中心（简称教培中心）时，都使用了“再教育营”这一字眼。

“这是一个西方媒体和政客最喜欢玩弄的经典‘把戏’”，熟悉西方媒体套路的美国人内森告诉《环球时报》记者。这名美国小哥上个月因一段揭批《纽约时报》如何抹黑中国医疗体系的视频而走红中国社交网络。内森认为，西方用“集中营”甚至简单的“营”字，为普通欧美民众营造一种暗示性联想，使读者在脑海中虚构出一幅画面。

内森本人就是一名犹太人，在他看来，“把纳粹和中国政府相提并论，这完全是疯了”。“纳粹当年选择一个特定种族开刀，说‘这些人有权力，很狡猾，很坏，让我们抓走他们吧’，这些被针对的人就是我们犹太人。但我们和其他民众一样，没有任何过错。”内森对《环球时报》记者说，中国的情况不同，中国并非针对特定种族，而是针对恐怖主义和极端分子。“这两者实在毫无任何关联。”他说。

如果说用“再教育营”来污蔑中国和新疆还是一种“巧妙”的无中生有，另外一些报道则可谓简单粗暴地编造谎言。今年1月21日，美国有线电视新闻网（CNN）刊发报道，讲述一名叫米日古丽·图尔荪的维吾尔族女子的“亲

2019年2月15日，阿克苏阿瓦提县村民在院子里聊天。（摄影：刘欣）

身经历”。该女子称她的一个儿子2015年在乌鲁木齐儿童医院死亡，“我会告诉另外两个孩子，是中国政府杀了他们的兄弟”。她还声称自己被关押在乌鲁木齐一间挤满50多名妇女、令人窒息的牢房里，目睹9名维吾尔族女子死亡。在CNN之前，去年11月CNBC、英国《独立报》等多家媒体也曾报道过这名女子在美国国会的陈述，大体内容类似。

但事实是什么？出入境记录显示，米日古丽与她的3个孩子在2016至2018年间陆续离开中国，之后再也没回来。米日古丽声称儿子“死亡”的地方乌鲁木齐儿童医院的住院病案显示，她只有一个名叫木俄子的儿子曾于2016年在该医院接受治疗，并于同年11月8日在治愈后被米日古丽的母亲接走。另据米日古丽的母亲称，这个孩子现正在埃及生活。而米日古丽本人更是从未被乌鲁木齐警方关押收监，也未在教培中心待过，其“狱中亲历”不知从何而来。

据了解，西方报道新疆的信源很多来自“东突”组织及其网站与社交媒体账号，但这些团体发布的内容充满胡编乱造。库尔班江是一名维吾尔族摄影师和纪录片导演，他曾亲眼看到自己的作品被“东突”团体“改头换面”，成为欺骗大众的道具。

“10多年前，我曾拍摄一系列有关和田一个叫喀拉古塔格的小村的照片。那是一个即便在和田当地也极少有人去的村庄，因为交通异常艰险。我当时只是单纯记录了当地人的生活和文化，事实上后来那个村子也有了很好的发展。没想到‘东突’分子从我的照片中断章取义地选取了几张，并用文字扭曲成‘在中国政府的统治下，新疆人生活得如何凄惨’。”库尔班江对《环球时报》记者说，“还有一次我做了一组‘维吾尔族女性服饰百年之美’的视频，从中可以看到从百年前到新中国建立、改革开放等每个时代的维吾尔族女性服装都吸取了至少三四个族群的文化特征。没想到他们只截取前半部分视频，并附上文字称‘我们美好的文化，就这样被摧毁、灭亡’。”

公开资料显示，绝大多数“东突”组织背后都有西方资金支持，像“世维会”“维吾尔人权计划”等均得到美国国家民主基金会资助，后者被称为“影子中情局”。“BBC和美国媒体的报道中充满了这些组织的信源，用我们土耳其语说，这叫做‘自己弹，自己唱’。”长期追踪“东突”动向的土耳其记者艾尔肯对《环球时报》记者说。

罪二——双重标准、选择报道

在对新疆的报道中，西方媒体的一大趋势是把那里发生的事情称为“中国与穆斯林间的战争”。“中国染上了‘伊斯兰恐惧症’”，“中国正在开展一场大规模的拘留和教化穆斯林的行动”……这些话语都来自《纽约时报》的报道。

在内森看来，这既是在刻意混淆事实，也是一种明显的双重标准。他对《环球时报》记者说，即使没去过新疆的人，在北京、西安等内地城市也能看到许多穆斯林，“没有任何一个人有过这样的遭遇”，这更说明中国在新疆的治理“不是仇恨穆斯林，只是因为不喜欢恐怖主义”，而“这些年世界上的反恐战争恰恰是由美国开始并领导的”。

“自 9·11 以来，（美国）在阿富汗、伊拉克等地开展反恐战争，死亡人数已经超过 50 万，其中一半是平民。这意味着昂贵的开销，也意味着很多人死去、很多人流血。这是美国历史上时间最长的战争之一。”内森说，“中国只是采取了另外一种反恐方式，他们不愿意也不能在自己的国土上轰炸空袭恐怖分子。”

西方媒体在报道新疆事务时的另一大“双重标准”，体现在其别有用心的选择性报道。在米日古丽事件中，中国外交部发言人华春莹曾在记者会上公开披露该事件的真相，但值得玩味的是，除专访米日古丽的 CNN 援引了中方两句概括性的话语，并声称无法核实其真实性外，其他曾经密切追踪米日古丽命运的诸多媒体却纷纷沉默，没有报道。这并不稀奇，只要无法“佐证”自己的观点，任何辟谣或澄清几乎都不会得到它们援引。

选择性报道也意味着只报道所谓“结果”，从不报道事件的原因、背景。库尔班江说，西方媒体在报道中国新疆治理政策时很少提及这些政策产生的背景，即新疆多年来深受极端主义危害的现实。“在我长大的和田，小时候周围所有的女人必须戴头巾、蒙面纱，女性想接受教育也很有压力。我的母亲和妹妹是当地唯一不愿这样做的人，我的家庭也因此在20年中遭到整个社区的孤立与隔绝。但这些，西方媒体绝对不会告诉你。”

再比如，西方媒体经常关注新疆维吾尔族文化的保存，却很少在报道中指出新疆多种民族、文化共存的历史和现实背景。在这样片面的取舍中，不同文化间自然的影响、变化与互动，常常被塑造成“某一种文化遭到侵略或破坏”。

这种选择性报道在图片的使用上也屡有体现——BBC、CNN、《纽约时报》等媒体热衷于拍摄新疆街头的警察和警车，试图借此讲述一个所谓“镇压、严控”的故事，但它们却不提，这是新疆在遭遇多次暴恐袭击后采取的安保措施，正是这些措施使得这片土地有了近几年的安宁；它们喜欢拍摄街头低头走路的行人，以此营造压抑低沉的气氛，但新疆的道路与广场上随处可见神态轻松、生活自然的民众，可是他们却无法进入西方媒体的镜头。

“他们仅用一些精心设计的语言和几张警察或穆斯林的照片就试图构建一种意象”，艾尔肯说，“这是西方媒体报道新疆的常用套路。”事实上，10年前这一套路也曾被美国媒体用于西藏问题的报道：在2008年3月拉萨的打砸抢烧严重暴力事件中，CNN刊登一幅照片，显示军车在街上行驶，前方有人在奔跑。但网友找到原始照片发现，图片右面原本还有一些参与打砸抢烧的人正向军车投掷石块，空中的石头清晰可见。很明显，CNN对照片做了“别出心裁”的处理。

罪三——话语霸权、打压异己

西方媒体在新疆事务报道上的另一个显著特点是极度的话语霸权，即站在所谓“人权”的制高点上，不允许任何对它们质疑、批判的声音存在。在《环球时报》进行的采访中，有多名外国人士告诉记者，他们不敢实名对中国在新疆的治理作出任何正面评价，因为这会迅速招致怀疑和攻击。

艾尔肯对《环球时报》记者回忆说，他曾多次尝试与一些西方记者就新疆问题辩论，但这些努力均以失败告终，因为对方的回答“永远是一套相同的说辞”。“有一次我问一名声称‘中国正在集中营里杀害维吾尔人’的西方记者，他是否有任何证据。他的回答是，‘中国正在秘密地做这件事，这无法被证明，但我听到有消息这么说。’对于这样完全不合逻辑的论证，我还能说什么？”

艾尔肯认为，西方总是用“中国是一个封闭的国家”来回应外界对其新疆报道中不符合新闻伦理和客观性的质疑。“（他们的）目的是试图利用这种指控，制造出一个‘只能相信、不能质疑的区域’”，艾尔肯分析称，“这更让我相信，他们（的报道）并不是在真正关心生活在中国的穆斯林，而是西方攻击中国的政治的组成部分。”

有时候，这种话语霸权甚至超越报道层面，上升为人身攻击。库尔班江在海外拍摄期间曾遭到追踪和人身安全威胁。“有一次在美国，我和一名采访对象刚在一家咖啡馆聊完，三个学生模样的人就举着棒球棍向我走来，质问我为什么‘出卖民族’。”库尔班江对《环球时报》记者说，“我认识的多位在美国的维吾尔族留学生和华人，甚至只因为参加了一次中国使馆举行的活动，就在网络上遭到在美‘东突’分子的谩骂和威胁。”

身在土耳其的艾尔肯更是长期在推特等社交媒体上面对攻击和诋毁，他被污蔑为“中国间谍”，正常的新闻报道活动被贴上“与中国情报机构有关”的标签，有人说他的名字都是中国政府取的，更有人留言威胁他：“总有一天你会被砍头处决。”艾尔肯称，自己无法追踪到这些人究竟来自哪个群体，但每当自己追踪“东突”在土耳其的活动时，这种攻击就会增加。当然，对于这些，西方媒体自然也不会报道。

多名证人戳穿蓬佩奥涉疆谎言

范凌志 刘 欣 2019-11-18

11月5日，美国国务卿蓬佩奥发表所谓“维吾尔族活跃人士和幸存者的家属在中国新疆受到骚扰”的声明，声称甫尔海提·教待提、艾拉帕提·艾尔肯和早木热·达吾提等所谓“活跃人士”的家人“遭到骚扰、监禁或者任意拘押”。9日，新疆维吾尔自治区人民政府新闻发言人严正驳斥蓬佩奥的不实言论。近日，《环球时报》记者赴新疆采访蓬佩奥所提三人的亲属发现，他的言论完全不符合事实，相反，这三人的亲属还得到社区、邻里悉心照料。美国政客所说毫无疑问是谣言。

妹妹在境外暗示父亲“因拘押和调查而死”，兄长辟谣：父亲从未被调查

如果不是在美国参加所谓“作证”活动并被美国国务卿蓬佩奥“点名”，没有多少人会知道早木热·达吾提。她今年37岁，是乌鲁木齐新市区人，2010年与巴基斯坦人依木冉·穆哈买提结婚。2019年1月30日，她同丈夫一起，带着三个孩子前往巴基斯坦，随后转往美国。

这并非蓬佩奥第一次对早木热·达吾提产生“兴趣”。10月2日，蓬佩奥在梵蒂冈举行的名为“通向人类尊严之路”的会议上提到，他曾在一个“有关新疆维吾尔人的会议”上听到早木热·达吾提讲述自己的“故事”。他称，30多岁的早木热·达吾提去年4月被新疆当地公安局叫去，“公安人员给她戴上镣铐，进行审讯，然后送到拘押营。在那里，她被强迫背诵一些宣传资料，还因把自己的食物给一个生病的狱友而遭到殴打。拘押营还给她注射了某种药物”。而美国《芝加哥论坛报》9月28日的报道则称早木热·达吾提被“绝育”，蓬佩奥的发言显然在暗示“早木热·达吾提被注射了强制绝育药物”。

为求证此事的真伪，11月10日，《环球时报》记者来到乌鲁木齐早木热·达吾提的五哥阿不都黑力·达吾提的家中采访。阿不都黑力·达吾提与妻子均就职于社区公益性岗位，两人养育了三个儿子。从精美的装潢和整洁程度能看出，这是一个生活水平不错的家庭。然而，妹妹在美国的言行让这个本来很美满的家庭感到蒙羞。对蓬佩奥所称早木热·达吾提"被送到拘押营""被绝育"的说法，阿不都黑力·达吾提夫妇称绝非事实："我妹妹从来没有进过职业技能教育培训中心。她有三个孩子，在生第三个孩子时被查出有子宫肌瘤，随后做了手术。"

其实，在10月13日的一则视频中，阿不都黑力·达吾提已经对蓬佩奥的说法予以驳斥。不过，人在国外的早木热·达吾提近日又宣称"中国政府造谣我被摘除子宫"，企图混淆视听。荒唐的是，自始至终从没人提过"摘除子宫"的事。

阿不都黑力·达吾提告诉《环球时报》记者，当年妹妹的婚姻遭到全家人反对，但妹妹非常固执，常因此事跟家人争吵，"从那以后，我们来往就很少了"。他说，妹妹性情古怪，"她开心时对爸爸特别好，但老人一句话不顺她的心，就可能摔门就走，一两年不说话。"

记者了解到，早木热·达吾提跟丈夫带三个孩子赴巴基斯坦是以"探亲"为名，之后前往美国，包括她父亲在内的亲属都毫不知情。上个月，在父亲因心脏病去世后，阿不都黑力·达吾提曾跟妹妹视频通话，告知她这一消息。"我还要求她别再造谣，把以前发在网上的谣言删掉，她哭着答应了我。"

然而，早木热·达吾提并未遵守承诺，在境外造谣甚至牵扯上过世的父亲。蓬佩奥声称早木热·达吾提"年迈的父亲数次遭新疆当局拘押和调查，并在不久前去世，死因不明"。但阿不都黑力·达吾提证实，父亲一直同子女正常生活，从未被"调查"或"拘押"。

早木热·达吾提的三哥艾尔肯·达吾提是第一时间发现父亲在睡梦中过世的人，也是在医院出具的死亡医学证明书上签字的人。《环球时报》记者在采访中见到居民死亡医学证明书上注明的死亡原因为"冠状动脉性心脏病"。

相比于五弟，艾尔肯·达吾提对妹妹态度更为冷淡。在被《环球时报》记者问到是否有话想对妹妹说时，他当即表示拒绝：“我不想跟她说任何话！她从小到大就喜欢说谎话。”

艾尔肯·达吾提认为，父亲身体状况转差跟思念女儿有关：“她在兄弟姐妹中排行最小，我父亲最喜欢的就是她。她当初出国没跟父亲说，老人为此非常伤心。”在采访中，艾尔肯·达吾提显得精神不振，依然沉浸在失去父亲的悲伤中，时不时用纸巾拭泪：“爸爸的手机号还存在我的电话里，舍不得删，总想着有一天他能再打来电话。”

亲属怒斥蓬佩奥“无耻”，劝海外亲人“不要被利用”

在蓬佩奥的声明中，还提到另外两个名字——艾拉帕提·艾尔肯和甫尔海提·教待提，其中艾拉帕提·艾尔肯称其母亲“在2017年末就被关到‘集中营’”，父亲“在2018年3月被抓捕判刑”。而甫尔海提·教待提自称其母亲“由教培中心转入监狱”。《环球时报》记者采访发现，这些说法同样与事实严重不符。

记者了解到，艾拉帕提·艾尔肯和甫尔海提·教待提均为新疆伊宁市人，前者于2015年10月29日出境前往美国，并加入分裂组织“世维会”，后者于2011年1月23日赴美，也加入了“世维会”，后者与父亲、哥哥和两个妹妹均获得美国绿卡。

在艾拉帕提·艾尔肯位于伊宁市的家，记者见到了他的母亲古丽娜尔·塔拉提。这同样是一个富裕的家庭，古丽娜尔·塔拉提衣着得体，说话轻柔。她告诉记者，自己一直在家中正常生活，且行动自由，“最近脊椎不舒服，明天还要去乌鲁木齐治疗”。面对记者的镜头，古丽娜尔对儿子说了几句话：“艾拉帕提，你不要受你爸爸影响，去参与一些不好的事情，不要被人利用，不要跟别人的风，不要轻易相信那些人，我们现在过得很好。你是在我们中国出生长大的，你能出国留学也是因为国家的强大，希望你能在那边好好上学，回来为祖国争光。”

古丽娜尔所说的“受爸爸影响”，指的是艾拉帕提·艾尔肯在社交媒体上质疑他父亲因何被判刑。他的父亲艾尔肯·吐尔逊因参加暴恐活动于 2018 年 5 月被依法判处有期徒刑。

艾拉帕提·艾尔肯的行为让他的其他亲属也感到痛心。他的舅舅艾斯艾提·塔拉提是一名公务员，他希望通过记者让外甥知道，艾尔肯·吐尔逊就是因为违反法律才受到法律的相应制裁，“你千万不要相信别人的谣言，自己也不要传谣。我们当初让你去留学，不是让你去干这个，而是为了让你成为对国家有用的人，但现在我们很懊悔”。

甫尔海提·教待提的家也在伊宁。目前，他与父亲、哥哥和两个妹妹均在美国，只有其母米乃外尔·吐尔孙当年由于手续问题未能出境。据米乃外尔·吐尔孙说，现在她几乎每天都跟儿子视频聊天。记者来到她在伊宁的家中时，她刚刚收到儿子网购的电视机，正在等社区干部来帮忙调试。

甫尔海提·教待提在境外的做法常常前后矛盾，一方面他不承认自己是“世维会”成员，一方面又不断参加“世维会”的相关活动。对于儿子在境外参与的非法活动，米乃外尔·吐尔孙表示自己并不知情。她也曾通过视频聊天告诫儿子：“你想让我去美国，通过正规渠道可以，但坚决不能参加其他非法活动。”当记者问是否知道热比娅是谁时，她斥责热比娅是“民族败类，给维吾尔人抹黑！”

甫尔海提·教待提声称中国“骚扰新疆的穆斯林家庭，他们只是到国外寻求庇护”，但米乃外尔·吐尔孙说，甫尔海提·教待提的父亲于 2006 年前后赴美打工，甫尔海提和其他三兄妹在 5 年后陆续抵达美国，并非“寻求庇护”。据甫尔海提·教待提的舅舅艾尼瓦尔·吐尔孙透露，当时他很反对所有孩子都赴美，因为甫尔海提·教待提的学习成绩很好，在国内会有更好的发展，留在家中也能照顾妈妈，但没人听他的劝告。

“甫尔海提，你是个聪明的孩子，你以后会知道现在的所作所为是错的，等你老了以后会后悔的！”艾尼瓦尔·吐尔孙说：“蓬佩奥这样的人是在迷惑我的外甥，利用他达到自己的肮脏目的，非常可耻！”

三人国内亲属未被“拘押”，反而得到各界关爱

为获取境外分裂势力支持，谋取个人私利，早木热、艾拉帕提、甫尔海提不惜扭曲事实，将自己扮成“受害者”形象，这种套路其实并不少见。美国一些政客在谈起新疆时，也与他们一拍即合，嘴边总离不开“压迫”“监禁”等字眼。然而，《环球时报》记者实地采访发现，上述三人的亲属不但没有如他们所说“被拘押”“被监控”，反而得到来自所在单位、社区等各界的真情关爱。

艾拉帕提・艾尔肯的母亲古丽娜尔・塔拉提告诉记者，她的脊椎不太好，曾经在乌鲁木齐的新疆医科大附属第一医院住院治疗。记者获悉，住院期间，其所在的巴彦岱新村幼儿园同事前往医院看望和慰问，并送去慰问金 2000 余元；园长在 6 月和 9 月前往医院看望古丽娜尔，了解病情。考虑到手术后需要在家康复修养，伊宁市教育局安排其所在单位准许她休病假直到身体康复。

在“民族团结一家亲”活动中，甫尔海提・教待提的母亲米乃外尔・吐尔孙所在社区的委员会负责人张立萍与她结成了“亲戚”，从此，米乃外尔的日

2019 年 11 月，早木热・达吾提的五哥阿不都黑力・达吾提在家与儿子玩耍。（摄影：范凌志）

常生活几乎都由她来打理。由于家人在国外，米乃外尔自己并无收入，只享受政府的低保。今年 9 月，米乃外尔家的自来水管出了问题，自来水公司检查时发现，她已经欠了 500 元的水费，张立萍二话不说自掏腰包帮她支付：“我一个月收入也才 3000 块钱，但我就是把她当自己的家人，所以不会犹豫。”

采访中，张立萍在讲述米乃外尔跟儿子视频通话的事时突然落泪。问起原因，记者才知道，她自己的孩子在前年因病去世。“我经常宽慰米乃外尔，‘真羡慕你，你现在能天天跟孩子们视频，而我想跟孩子说说话，只能对着一堆黄土。’”张立萍说。

“我辖区里的独居老人特别多，我 2017 年失去孩子后，这些老人都鼓励我坚强，你看我不是一样走过来了？作为一个基层社区干部，我觉得要让群众信赖你，首先要付出很多，用真心去服务他们。”张立萍说，群众给她反映的任何小小的问题，自己都不会推给别人，都是亲手去完成。“我辖区的这些少数民族老人特别喜欢我，不管在哪看到我，都会跟我打招呼。我每天看到他们，心里就暖暖的。”

美推出荒唐的“涉疆法案”背后

范凌志 谢文婷 2019-12-05

当地时间12月3日，美国众议院通过旨在污蔑、干涉中国新疆事务的所谓“2019年维吾尔人权政策法案”（以下简称“法案”），要求美政府出台“侵犯人权报告”，针对部分中国官员进行制裁，并“限制某些物项的出口、再出口和国内转让”。《环球时报》记者仔细研读发现，“法案”内容毫无新意，依然用“双重标准”歪曲中国的治疆政策，对新疆社会稳定、经济发展取得的成就视而不见。中国社科院美国问题专家吕祥对《环球时报》记者表示，这样的“法案”出炉没有任何审核机制，非常不严谨。“美国代表着双重标准”，长期关注新疆问题的资深土耳其记者艾尔肯说，中国在努力确保宗教、语言、文化的安全，“美国却在努力摧毁”。

连番推出反华法案，美国政客们为何如此迫不及待?

根据《环球时报》记者看到的文本，“法案”有9个章节，核心部分包括“调查结果”“国会意见”以及一些针对中国的制裁措施。“法案”声称目的在于“引导美政策机构重视基本人权遭受严重侵犯的行为，包括中国在新疆实施大规模监控、关押超过100万维吾尔人及其他穆斯林少数群体等严重侵犯和践踏人权的行为”。

《环球时报》记者注意到，与参议院9月份通过的版本相比，众议院的版本一方面大幅删减一些旨在指责中国的“具体案例”，另一方面新增了“美国对中国政策的更新声明”“在《全球马格尼茨基人权问责法》下对中国部分高级官员的制裁运用”，以及“限制某些物项的出口、再出口和国内转让”章节。

实际上，在“法案”提交众议院之前，美国政府就迫不及待地出炉了一系列针对新疆的打压措施，比如今年10月，美商务部宣布将中国20家政府机构与 8 家企业列入出口管制“实体清单”，美国务院对中国部分官员实施签证限制。对此，中国社科院美国研究所研究员袁征接受《环球时报》记者采访时表示，政府部门发布的行政命令可以根据实际情况随时宣布取消，而如果“法案”最终由总统签字成为正式法律，要废除掉就相当困难——必须要有充足理由，再经过国会讨论等一套完整的程序，甚至比立法更难。这是两者之间本质的差异。“‘法案’通过，就可以表明美国对中国新疆事务的干涉进入了一个新的阶段。从美国国内来讲，无论是行政部门还是国会，干涉新疆就成了‘有法可依’，并通过长期炒作来插手新疆事务。另外，因为美国是具有巨大影响力的超级大国，某种程度上此举也会损害中国的国际形象。”

值得注意的是，上周美国总统特朗普刚刚签署在两院通过的所谓“香港人权与民主法案”，不到几天时间，美国国会又推“2019 年维吾尔人权政策法案”，相关议员何以如此迫不及待？中国人民大学国际关系学院副教授刁大明告诉《环球时报》记者，一般来说美国国会上半年的会期比较繁忙，“如果现在不做的话，到明年也许得三四月份才能再考虑了，所以他们想要速战速决。而且一些议员认为在目前‘密集’打压中国的态势下，法案容易通过”。

原版本中的一些“调查结果案例”不见了，也许他们自己都不相信那些描述

本次众议院通过的“法案”与此前参议院版本的最大不同在于，它删除了一些具体的“调查结果案例”。之前的那些“调查结果案例”只是分别以一个语焉不详的人名来命名，甚至将早已在《新疆的反恐、去极端化斗争与人权保障》白皮书中公布的事件再度歪曲“翻炒”，毫无可信度。

“现在华盛顿对华施压，其实已经可以说是‘两党共识’，沉默的大多数只能随之起舞，所以在他们看来，可能真的不需要太多借口就可以通过这个法案。”刁大明说，美国政客攻击中国的伎俩越来越狡猾，毕竟之前他们罗列的那些数字、案例本身也不可信，容易招致很多关于真实性的指摘，“所以他们何苦要增加一些可能被攻击的点呢”。

在众议院版本的“法案”中，只是以笼统含糊的语句来指责所谓“再教育营”，例如称“这些营地设施条件恶劣，缺乏医疗保障”。然而，《环球时报》记者自 2018 年起在多次实地采访中看到的事实是，新疆每个职业技能教育培训中心医疗设施都非常完备，均设置有医疗室，配备专职医生，可以每天 24 小时向学员提供医疗服务。小病可在医疗室就诊治疗，重症急症可快速送往医院救治。

记者发现，“调查结果”中列举的所谓“事实”基本没有确切时间、地点和信源，甚至出现“似乎”这样的模糊措辞。这些所谓“事实”的信源到底是哪里？《环球时报》记者注意到一些细节，比如“法案”第五章“国会意见”部分，提到“自由亚洲电台维语部记者报道新疆人权状况与政治局势的工作应得到赞扬”。

“这是一个自我循环。”中国社科院美国问题专家吕祥一语点破：“我相信反华议员们没有花任何时间来研究新疆到底是什么情况，他们仅依据媒体一些零星、捕风捉影的报道，以及一些所谓听证会的‘证言’，就可以形成所谓的‘调查结果’。议员和反华媒体相互循环‘验证’，一唱一和，议员用自由亚洲电台、美国之音无端做一些报告，然后再被自由亚洲电台用来说是‘进一步的证实’。这是美国玩了很多年的游戏。”

本应是严肃的立法工作，这样的“调查”是否有相关审核？“确实没有审核机制”，吕祥告诉《环球时报》记者，所谓“报告”的来源其实很多元，很松散，非常不严谨，而且没有任何人去监督这个程序。袁征也表示，其实美国国会不太在意具体案例是否属实，毕竟“它本来就对你怀有偏见”。

“10 年前新疆话题就被拿出来过，但那时暴恐严重，他们不好太明确支持”

除了事实错误，美方惯用的双重标准同样不会“缺席”，而且两者经常同时出现。比如，“法案”炒作中国使用“高科技大规模监视设备”“预测性警务技术”来“侵犯人权”。众所周知，运用现代科技产品和大数据提升社会治理水平是国际社会通行做法，美国也不例外，“法案”却刻意忽略。

“中国的监视系统基于安全性。而美国的监视系统基于公民的隐私，他们暗中监视、分类，甚至将其出售给为选举机构工作的公司。”土耳其记者艾尔肯接受《环球时报》记者采访时表示，美国将监控个人隐私定为非常严重的犯罪，但美国本身又使用非常先进的技术来监视民众。“多亏了斯诺登，现在全世界都知道美国政府如何未经许可就分析个人隐私信息来监视其公民。美国和西方国家之所以会批评中国，是因为中国使用监视系统来避免犯罪并简化社会生活。他们总是批评中国的安全措施和所谓‘禁令’，但他们拥有世界上最大的数据收集应用程序——脸书！”

艾尔肯认为，作为一个拥有关塔那摩监狱的国家，美国代表着双重标准，“美方反复使用相同的论点，并故意使用没有上下文的‘人权’话语。中国通过阻止激进的伊斯兰和恐怖主义来确保信仰、语言和文化的安全。中国在努力争取的，美国却在努力摧毁。”

另一个明显的“双重标准”例子是：根据公开信息，2014 年至 2018 年，

新疆当地民众（摄影：崔萌）

新疆累计实现231.47万人完全脱贫，农村贫困发生率降到6.1%。自治区一般公共预算支出的70%以上都用于保障和改善民生，确保各族群众共享改革发展成果。与1952年相比，2018年地区生产总值扣除物价因素已经涨了200倍，人均生产总值增长37.7倍。然而，这些发展成果在美方“法案”及相关“调查”里毫无踪影。

“针对中国的指控和炒作几乎成了美国的一个‘政治传统’。”吕祥说，自中美关系正常化以来，美方这方面的运作从来没有停过，差不多每十年左右，就会产生一个针对中国的新话题，然后这样的话题会延续若干年。“新疆话题不是第一次，十年前就被拿出来过，但那一次可能因为暴恐事件过于激烈，他们不好太明确支持。而恰恰就在中国新疆治理取得实质性进展这三年多，没有发生任何一起暴恐事件时，他们又重新把新疆拿出来炒作。”

在“调查结果”之后，该“法案”扬言要在《全球马格尼茨基人权问责法》下对中国部分高级官员进行制裁，并要求进行某些领域的出口限制。“这些制裁从实际操作上来讲，就是过过嘴瘾。”刁大明说，比如“监控设备”，包括美国在内的所有国家都在用，打击面太大，显然是任何一个理性政府都不会去操作的。“我觉得美国政客推这个法案是想让它像一把剑悬在那儿。未来对中美关系产生影响的可能不是贸易战，而是这些法案，无论哪一个总统将来想用它来对付中国就可以拿来用，影响非常负面。”

英文纪录片“大尺度”披露新疆反恐形势

范凌志 刘　欣　2019-12-06

一部名为《中国新疆，反恐前沿》的英文纪录片 5 日在 CGTN 播出，这是中国近年来罕见地以英文纪录片形式全方位展示暴力恐怖主义和宗教极端主义对新疆带来的伤痛，并系统阐述中国为解决问题所付出的努力。

该纪录片时长约一小时，分为“极端主义，为祸新疆”“生命代价，暴恐之伤”“极端之路，血泪谎言”“全球反恐，并肩同行”4 个部分。纪录片在开篇首先通过壮美的自然风光、繁华的市场、充满民族风情的舞蹈和音乐穿插新疆民众对未来的寄语向观众展示新疆的魅力。随后，画面中陆续出现 2009 年“7・5”事件、2013 年天安门金水桥“10・28”暴恐案和 2014 年昆明火车站“3・01”暴恐案的原始视频，解说指出，这些令人毛骨悚然的画面和骇人听闻的暴行“揭示着中国西部边陲的安全局势之严峻”。同时，纪录片引出西方舆论谈及涉疆话题时长期存在的一个问题：“部分西方国家散布歪曲言论，称‘7・5’事件是民族冲突和镇压，但中国专家指出，这种说法显然与他们在评价‘9・11’事件时使用的的话语体系不同，二者必有一个不合逻辑，这一不实言论反映出某些国家在反恐问题上的双重标准。”

“对极端分子来说，人人皆是猎物。”除触目惊心的暴恐画面外，该纪录片还从深层次挖掘了暴恐袭击发生的原因。迪丽卡玛尔在 2014 年轮台“9・21”暴恐袭击中永远失去了右腿。实施本次袭击的热孜娅也身受重伤，她在病床上喃喃地说自己是因相信极端分子所谓的“圣战殉教进天堂”才走上这条路。然而，遭受极端主义迫害的并不只有平民。2014 年 7 月 30 日，喀什最大清真寺的伊玛目居玛・塔伊尔遇刺身亡。新疆伊斯兰教经学院院长阿不都热克甫・吐木尼牙孜面对镜头说：“他们（暴恐分子）就觉得只要把宗教界有威望、有水平的这些人消灭掉，反抗他们的人就没有了，才能达到自己的阴谋。”天安门金水桥“10·28”暴恐案案犯吾许尔称其发动袭击时“哪人多就在哪搞”，而且不会管对方是否穆斯林，是否维吾尔族，“否则我们什么都搞不成”。

纪录片提到，极端势力为了达到目的，故意歪曲宗教教义，典型的就是将《古兰经》中的“吉哈德”说成是对异教徒的“圣战”。对此，开罗美国大学商学院教授伊卜拉欣·阿布杜勒阿齐兹·哈贾兹说，“吉哈德”一词，在伊斯兰教中是一个积极词汇，它并不意味着“拿起武器”，而是意味着要挑战自己的内心，克服困难、避免错误，从而使邪恶远离，走上真正的信仰之道。大多数恐怖分子宣称自己是“虔诚的穆斯林”，但实际上却对《古兰经》一无所知。纪录片中，2014年和田“6·15”暴恐案案犯木尔扎提在被问到“伊斯兰教有多少年历史”“‘吉哈德’准确意思”等问题时，都回答“不知道”。

面对严峻的形势，作为中国反恐斗争的主战场，新疆先后制定并修改完善了《新疆维吾尔自治区实施〈中华人民共和国反恐怖主义法〉办法》和《新疆维吾尔自治区去极端化条例》，旨在从根源上防范和惩治极端主义活动，以消除恐怖主义。中国政府坚持把预防性反恐放在第一位，这其中就包括设立职业技能教育培训中心。

20世纪初，中国境内外的民族分裂势力和宗教极端势力曾试图复燃“泛突厥主义”和“泛伊斯兰主义”。纪录片提到，恐怖组织在策略制定、目标选择、区域覆盖和境内外勾结等方面均有新的动作。随着“9·11”事件的发生，恐怖主义、极端主义在全球蔓延加剧。纪录片显示，2013年天安门金水桥“10·28”暴恐案的主要实施者曾焚烧美国、德国等各国国旗。另据警方透露，绝大多数的恐怖训练营地与“东突厥斯坦伊斯兰运动”有关联，纪录片中也展示了大量恐怖分子在境外接受训练的画面。专家称，恐怖主义已成为当今世界的公害，“没有哪一个国家能够在这场战争中仅凭自己取得最终胜利”。

通观全片，《环球时报》记者感受最深的是，大量以往暴恐袭击的原始画面素材首次被公布，尺度和震撼程度均超过以往，以至于片头标出警告：“以下画面可能引起不适，请慎重观看。”

这部纪录片为什么会如此“大尺度”？暨南大学传播与国家治理研究院研

究员郑亮接受《环球时报》记者采访时表示，“首先，新疆已经3年没有发生恐怖事件，居民的心态已经渐渐平复。在不唤起‘创伤性记忆’的前提下，适度公布一些恐怖袭击现场的画面，可照顾到受众的心理。同时，当前国际社会对新疆的反恐维稳措施存在一些质疑的声音，而这些措施的起点恰恰就是新疆多年来发生的各类严重恐怖袭击事件。因此这部纪录片的尺度也有助于向国际社会充分说明中国面临的恐怖主义威胁，尤其是这种威胁的严重程度。”

“新疆亲友失踪”谣言澄清实录

赵觉珵 单 劼 2019-12-24

在12月9日国务院新闻办召开的新闻发布会上，新疆维吾尔自治区党委副书记、自治区主席雪克来提·扎克尔宣布，参加“三学一去（学习国家通用语言文字、法律知识、职业技能和去极端化）”的职业技能教育培训中心学员已全部结业。然而，一些身处海外的人士近日却在外国社交媒体上宣称，自己在新疆的“亲人”“朋友”目前杳无音讯，借机污蔑中国的治疆政策和新疆的教培工作。《环球时报》记者梳理境外各社交平台上几十个账号发布的所谓“寻人帖”，向新疆相关部门核实“失联”人员信息，并且赴新疆实地采访多位被传失踪的当事人，亲眼看到的事实是——所谓“失联”人员都在自己的家乡过着幸福、安定的生活。“新疆亲友失踪”的谣言实际上由众多境外“东突”分子发起，其中包括“维吾尔运动”发起人茹仙·阿巴斯、阿尔斯兰·依达耶提，“我也是维吾尔人”活动发起人哈力木提拉·维吾尔等。这些“东突”分子负责发帖，炮制各种所谓“失联”人员信息和图片，随后，如“人权观察”等一些反华的非政府组织及媒体、学者在海外各社交平台上推波助澜，大肆炒作相关话题。但事实如铁，这些谣言终究不会得逞。

结业学员刚领了结婚证，他质问哥哥为何说谎

雪克来提·扎克尔9日表示：“基于新疆暴恐活动多发频发的严峻形势，我们依法设立职业技能教育培训中心，开展职业技能教育培训工作。目前，参加‘三学一去’的教培学员已全部结业，在政府帮助下实现稳定就业，过上幸福生活。”正如此前发生过的情况一样，一些海外人士再次利用这则官方信息，在外国社交媒体上编造出不少“教培学员依旧失踪、失联”的故事，其中就包括23岁的如则麦麦提·阿塔伍拉。他在海外的大哥麦提托合提·阿塔伍拉宣称，

曾在教培中心学习的如则麦麦提・阿塔伍拉结业后一直没有音讯。

如则麦麦提・阿塔伍拉现在的境况究竟如何？《环球时报》记者 18 日在新疆和田县的一家制鞋工厂见到这个新疆小伙子时，他正在缝纫机前专注地工作。2017 年，曾受到极端思想影响的如则麦麦提・阿塔伍拉前往教培中心学习；去年结业后，他就来到这家制鞋工厂工作。如则麦麦提・阿塔伍拉告诉记者，他的同学都结业了，并且都找到了工作。他在教培中心学习时的班长阿不来提和他在同一家工厂工作。现在，每天工作 8 小时的如则麦麦提・阿塔伍拉一个月能赚到 2500 元。如则麦麦提・阿塔伍拉说："我还要再努力一些，如果我再多完成一些工作量，应该能拿到 3000 元。"

如则麦麦提・阿塔伍拉和家人住在政府帮助修建的安居房中。如则麦麦提・阿塔伍拉领着《环球时报》记者参观了他的家，80 多平方米的房子宽敞、整洁，后面还有羊圈、牛棚和菜地。如则麦麦提・阿塔伍拉的三哥阿卜杜麦吉提・阿塔伍拉告诉记者："现在家里有 7 亩地，种有西红柿、白萝卜、白菜和葡萄。2019 年，家里靠种地就赚了 1.6 万元。"

就在《环球时报》记者来采访的前一天，如则麦麦提・阿塔伍拉刚和认识多年的女友领证结婚，筹备婚礼成为他这段时间最忙碌也最幸福的事情。从男朋友变为丈夫的如则麦麦提・阿塔伍拉一边向记者展示结婚证和妻子的照片，一边兴奋地说："为了婚礼，我特意买了一套新西服。我们还准备去拍一套好看的婚纱照。"提到新婚妻子，小伙子显得有些害羞，但脸上的笑容却掩盖不住发自内心的喜悦。

对于这个生活美满的家庭而言，家里的长子麦提托合提・阿塔伍拉却是一个谁都不愿提起的痛。《环球时报》记者从有关部门了解到，麦提托合提・阿塔伍拉于 2018 年 9 月出境，在国外社交媒体上频频抹黑新疆，并疑似加入"东突"组织。近日，他又在外国社交媒体上宣称"如则麦麦提・阿塔伍拉失踪了"。实际情况是：两个多月前，阿卜杜麦吉提・阿塔伍拉与麦提托合提・阿塔伍拉通过电话，这也是全家人最后一次与后者联系。阿卜杜麦吉提・阿塔伍拉说："大哥当时就问过如则麦麦提・阿塔伍拉的情况，我告诉他弟弟已结业，现在上班了。

2019 年 12 月，阿不都克里木 • 阿不都热依在乌鲁木齐的家中过着平静的生活。（摄影：单劼）

我不知道他现在为什么要说假话。”

事实上，如则麦麦提·阿塔伍拉等学员在教培中心学习期间也从未有过“失联”“失踪”的情况，他们可以正常回家、与家人联系。国新办今年 8 月 16 日发布的《新疆的职业技能教育培训工作》白皮书提到，学员在教培中心学习过程中的人身自由依法得到保障。教培中心实行寄宿制管理，学员可定期回家，有事请假，学员有通信自由。

提到在外造谣的大哥，如则麦麦提 · 阿塔伍拉哽咽着说：“哥哥，你说你是出国读书的，但你却和国外的分裂势力勾结在一起，攻击我们国家的好政策，我不知道你为什么要骗人！”在接受采访时，他抑制不住自己的悲伤，一再表示：“现在我们的生活越来越好了，有了新房子，盖起了羊圈，养了牛羊。我希望你不要再和分裂势力勾结在一起，爸爸年纪越来越大了，我们全家人都特别想你。”

普通市民被"失联"，怒斥"坏人"不要打扰幸福生活

对于一些在海外与"三股势力"相互勾结、不断对新疆"泼脏水"的人而言，惯用伎俩就是利用不知从何得到的照片和信息，炮制出所谓的"亲人"和"朋友"被"压迫""监禁"的故事。47岁的阿不都克里木·阿不都热依原本在乌鲁木齐过着平静的生活，直到《环球时报》记者告诉他，他才知道自己的照片和个人信息被人利用，成为反华的政治工具。记者到阿不都克里木·阿不都热依家时，他正在阳台摆弄自己养的花草。阿不都克里木·阿不都热依的家是典型的维吾尔风格装修，墙上贴着精美的壁纸，地上铺着花地毯。

因为几年前视力下降，阿不都克里木·阿不都热依选择了从公交公司提前退休。现在他每个月能拿到2000多元退休工资，同时还在一家公司担任保洁员，一个月也能拿到3800元。他表示："社区的工作人员都很关心我，经常来家里问问有什么困难需要解决。"阿不都克里木·阿不都热依告诉《环球时报》记者："我19岁的大儿子很快就要拿到计算机专业的中专毕业证。我在境外没有亲人和朋友，也不知道是谁造谣我'失踪'了。我要告诉在外面利用我的照片造谣的那些坏人，我们生活、工作的各个方面都特别正常，过着幸福的生活，你们不要再打扰我们了。"

"有人说我'失踪'了，但我在这里过得很好。这些都是破坏我们生活、污蔑我们新疆的谣言。"同样被造谣"失踪"的塔伊尔·阿卜来提在接受《环球时报》记者采访时表达了他的愤怒。今年26岁的塔伊尔·阿卜来提是喀什地区疏勒县阿拉力乡的一名普通村民，在乡里的一家餐厅打工。《环球时报》记者前来采访时，他正忙着为客人上菜。塔伊尔·阿卜来提领着记者参观了这家名叫"亮星"的餐厅。这里一楼供应传统新疆美食，门口的架子上正烤着羊肉串。二楼是餐厅老板在塔伊尔·阿卜来提建议下开设的西餐区，这对当地村民而言是新鲜事物。《环球时报》记者看到，二楼墙上贴着印有星空图案的壁纸，桌子旁摆着红色的沙发，柜台上放着咖啡机。说起自己一手张罗的西餐区，塔伊尔·阿卜来提显得格外兴奋："我们这里可以制作汉堡、比萨，年轻人和

2019 年 12 月，塔伊尔·阿卜来提在家乡的一所餐厅打工。（摄影：单劼）

小孩子都可喜欢来了。”

对于现在的工作和每月 3000 多元的工资，塔伊尔·阿卜来提十分满意。他准备再攒一些钱，去内地开个属于自己的餐厅。他告诉记者：“我弟弟在西安上大学，读的是会计专业。如果有可能，最好是能把餐厅开在西安，可以一边赚钱，一边照顾弟弟。”

在得知自己的个人信息被人用来捏造谣言后，塔伊尔·阿卜来提显得既惊讶又愤怒，他表示：“我在国外没有亲戚、朋友，我明明在家乡过得很好，我不希望有人利用我的照片和名字来说新疆的坏话。”

女儿造谣父母失踪，家人盼其改邪归正

同样在外国社交媒体上被“失踪”的还有家住阿克苏地区库车县的一对老夫妇——63 岁的艾则孜·尼牙孜和 55 岁的买热叶木·尕依提。以前一直在库车县水利局库车河水管所工作的艾则孜·尼牙孜今年 7 月退休，现在和妻子住

在大儿子玉苏普・艾则孜的家中，帮着照顾小孙子，享受着天伦之乐。《环球时报》记者来到艾则孜・尼牙孜家中时，他正在拿着玩具汽车陪孙子玩。提到自己的孙辈，艾则孜和所有老人一样，笑得合不拢嘴："娃娃 3 岁多了，准备上幼儿园了。他现在能数到 30 了，还跟着爸爸学了几个英语单词。"

艾则孜・尼牙孜退休后的生活简单而有规律，每天早上 7 点多起床下楼晨练，然后回家接替要上班的儿子儿媳照看小孙子。除此之外，他还喜欢看新闻类的节目。艾则孜・尼牙孜告诉记者："咱们国家现在发展很快。我是农民出身，以前日子很困难，种地都靠牲畜，现在都机械化了。我现在一个月退休金 5300 多元。国家对咱们新疆的各类惠民政策涉及生活方方面面，医疗、养老、道路交通，娃娃从出生开始 15 年义务教育，我们都不用操心了。"

艾则孜・尼牙孜夫妇有 3 个孩子，都是学医的。大儿子玉苏普・艾则孜从新疆医科大学硕士毕业后，2015 年至今一直在库车县人民医院工作。艾则孜・尼牙孜告诉《环球时报》记者："大女儿马依热木去加拿大留学，小女儿布阿介

2019 年 12 月，艾则孜・尼牙孜与孙子在家看电视。（摄影：赵觉理）

尔在法国上学，都已经有两年没有联系了。我们很想念他们，不知道她们现在过得怎么样，希望她们能早点回来团聚。”玉苏普·艾则孜也告诉《环球时报》记者，父母经常会想起两个妹妹，尤其是母亲，一提起她们就会流泪。

但艾则孜夫妇不知道的是，2017 年 4 月出国的小女儿布阿介尔并没有按照他们的嘱托好好读书，反而受到分裂势力影响，屡次在海外公开污蔑中国的治疆政策，并且将父母的照片发到社交媒体上，编造这对老夫妇“失踪”的谎言。已经知道布阿介尔在海外与分裂势力勾结的玉苏普·艾则孜显得十分心痛，他说：“妹妹，爸爸、妈妈一直和我在一起，我不知道你为什么要编造谣言。”仍希望妹妹可以改邪归正的玉苏普·艾则孜对着《环球时报》记者的镜头说：“希望你不要编造这些谣言，在外面好好地学习，好好地回来。”

“近百万人被拘押”说法如何被炮制出来？美媒揭露涉疆谣言出台内幕

李司坤　2019-12-27

“有关中国在新疆地区拘留了数百万维吾尔人的说法越来越频繁地出现，但几乎没有进行过审查。只要仔细观察这个数字是如何获得的，就会发现数据存在严重缺陷。”近期，美国独立新闻网站“灰色地带（Grayzone）发表了一篇题为“中国拘留了数百万维吾尔人？美国支持的非政府组织和极右翼研究员对北京的指控存在严重问题”的文章，首次详细披露了“近百万维吾尔人被拘押”这一在西方媒体语境中几乎成为“常识”，实则完全经不起推敲的说法是如何被炮制出来的。

这篇文章指出，尽管这种非同寻常的说法在西方被视为无懈可击，但事实上，它是基于两项高度可疑的“研究”所得出的。

第一项研究，是由美国政府支持的“中国人权捍卫者网络（Chinese Human Rights Defenders，CHRD）”，仅仅通过对 8 个人进行采访得出的。报道称，2018 年，CHRD 在一份提交给联合国消除种族歧视委员会的报告中称，“估计约有 100 万维吾尔人被送进了‘再教育’拘留营，约 200 万人被迫参加了在新疆的‘再教育’项目。”值得一提的是，在西方媒体的报道中，这份所谓的报告经常被曲解为是联合国撰写的报告，但“灰色地带”网站早在 2018 年 8 月就专门以“不，联合国没发布报告称中国有针对维吾尔族穆斯林的‘大规模关押营’”为题，撰文对此进行了详尽的澄清。

此外，根据 CHRD 的说法，这个数字是“基于采访和有限的数据”。这篇报道无情地揭露了真相：“虽然 CHRD 表示，它在研究过程中采访了数十名维吾尔人，但他们的这一评估其实只是基于对 8 名维吾尔人的采访。”

“就是基于这样一个在总人口为 2000 万人的地区里所作的荒谬的小样本

研究，CHRD‘推算’至少有10%的村民目前被拘押在再教育拘留营，20%的人被迫参加位于村里或乡镇中的再教育营，总计有30%的人在两种类型的营地中。”报道称，就这样，CHRD将这些估算的比例应用到整个新疆，进而得出了提交给联合国的报告中所提到的数字：100万人被拘留在“再教育拘留营”，200万人“被迫参加白天或晚上的再教育课程”。

“灰色地带”还指出，美国不仅依赖CHRD提供的数据，还直接为其运营提供资金。根据“灰色地带”此前所作的报道，CHRD从华盛顿一家介入他国政权更迭的机构——国家民主基金会（NED）手中获得了大量的财政支持，这家号称“非政府组织”的机构据悉与美国国务院、美国国际开发署、CIA都有着密切的联系。

根据“灰色地带”的文章，第二项可疑的研究则是依赖于不可靠的媒体报道和猜测作出的，其作者是一位名为阿德里安·曾茨（中文名“郑国恩”）的极右原教旨主义基督徒。根据“灰色地带”网站的起底，这位基督徒认为自己“受上帝的引领”，肩负着反对中国的“使命”。他还是美国政府于1983年成立的极右翼组织“共产主义受害者纪念基金会”的中国问题高级研究员。

2018年9月，郑国恩在《中亚调查》杂志上发表文章称，“据估计，新疆在押人员总数超过100万”。据“灰色地带”介绍，郑国恩得出这一数字，依据的是总部位于土耳其的一家维吾尔流亡媒体组织——Istiqlal TV的一篇报道。这家电视台曾公布一份据称是中国当局“泄漏”的、未经证实的“再教育被拘留者人数”表，称“截至2018年春季，新疆68个县的在押人员总数达89.2万人”。但据“灰色地带”介绍说，Istiqlal TV根本不是一家公正的新闻组织，它一边推进分离主义，一边接待各种极端分子。其中，经常出现在这家电视台的常客，正是名为阿不都卡德尔·亚甫泉的“东突”领导人。

或许是所援引的依据荒谬得连自己都看不下去了，郑国恩承认自己的估计“没有确定性”。尽管如此，他还是坚持自己的“猜测是合理的”。更令人哭笑不得的是，随着时间的推移，郑国恩还在不断夸大他对被拘押维吾尔人数量的估算。“灰色地带”指出，2019年3月，郑国恩在美国驻日内瓦代表团组织的一次活动上说，“虽然这是推测，但似乎可以适当地估计，有多达150万少数民族（在新疆被中国拘留）。”而到了2019年11月，郑国恩在接受自由亚洲电台采访时，再次“上调”了他的估算，说中国拘留了多达180万人。

对于郑国恩之流的说法，新疆维吾尔自治区人民政府新闻发言人早在本月初接受《环球时报》记者专访时就曾表示，郑国恩等人是美国情报机构操纵设立的“新疆教培中心研究课题组”的骨干，他们以所谓专家名义，发表无中生有、纯属捏造的言论，对新疆极尽歪曲抹黑之能事，意在配合美反华势力攻击抹黑新疆。这位发言人还指出，郑国恩等人的做法已不是学术范畴的问题，而是赤裸裸地假借学术研究之名，行歪曲抹黑之实。这也是美国一些人的惯用伎俩。

事实上，《环球时报》记者注意到，诸如“灰色地带”这样揭露其西方同行如何在新疆问题上炮制谣言抹黑中国的媒体，并不止一家。美国“工人世界党”网站12月18日以《美国反华舆论攻击的背后》为题，揭露了美国是如何“对‘一带一路’深怀敌意，想方设法竭力破坏中国的计划”的。

这篇文章指出，自2017年以来，新疆地区再没发生过恐袭。反之，美国占领阿富汗及入侵伊拉克，造成无数人流离失所，社会进步、教育、医疗和基础设施遭破坏。文章一针见血地指出了美国涉疆报道的实质：“有关中国新疆的报道，有多少是被用来转移世界对美国犯下的战争罪行的注意力的？”

热比娅亲属驳斥“被关押”谣言

范凌志 刘 欣 2020-01-13

民族分裂分子热比娅·卡德尔近几年在世界各地窜访，多次在公开场合宣称自己“几十名亲属在新疆被当地政府扣押”。“国际特赦组织”网站近期发表文章呼应其说法，称“热比娅的30名亲属未经审判被关押”。《环球时报》记者近期在新疆乌鲁木齐采访多名热比娅直系亲属发现，他们家中无人因热比娅而受牵连，生活自由、幸福。他们呼吁热比娅停止造谣，不要再打扰他们的平静生活。

热比娅于2000年因危害国家安全罪被判有期徒刑8年，2005年，热比娅前往美国保外就医。在境外，她不断勾结境内外反华势力，鼓吹民族分裂，并操纵指挥针对新疆的暴恐活动。她的所作所为除了危害国家，还带给家人怎样的伤害？去年10月，《环球时报》记者见到了热比娅的大儿子卡哈尔·阿不都热依木，他告诉记者，自己已经快20年没见过她了，现在偶尔能通过朋友或报纸、电视得知她又发表一些分裂国家、破坏民族团结的言论。

在被依法审判之前，热比娅曾是新疆有名的企业家。卡哈尔回忆道：“最开始她是在二道桥开了一个小商铺做生意，当时国家给了很好的政策，商铺才能慢慢发展，生意也越做越大，所以说，我妈妈生意上的成功是因为国家的各项帮扶措施。”在卡哈尔看来，当年热比娅一直忙着做生意，对自己和几个弟弟妹妹的关心并不多，“她没有尽到做母亲的责任。”

卡哈尔说，热比娅所称“30名亲属被关押”完全是“胡说八道”，自己的家人目前都在正常生活，他平日里忙着做生意，家里在阿克苏有个果园，有着不错的收益，年均纯收入能有20万—30万元左右。

《环球时报》记者在采访中得知，前几年，卡哈尔一家人和热比娅曾有电话联系。“她问我们过得怎么样，我说我们都过得很好。肉孜节的时候家人和朋友们在一起唱歌跳舞，我们会把这些视频和图片发给她。”卡哈尔告诉《环球时报》记者，“她还以为我们是在骗她，可我们确实过得很好。”他记得前几年，热比娅窜访日本竟然去了靖国神社。在和热比娅通话时，家人质问她：“为什么要去参拜那些曾经伤害中国人的战犯？为什么要去这种地方？”再后来，卡哈尔断绝了和热比娅的联系，“为了防止她打电话，我把家里电话线都拔了。”

“我觉得她是在利用我们，达到她自己的目的，而她的目的就是被一些国外反华分子利用。她已经 70 多岁了，她不做这些，还能干啥？”卡哈尔说，提到美国经常会发生枪击案，很多人因此丧命，“在新疆怎么可能会有这样的事情？我们这里安全得很，哪有什么政府压迫维吾尔族的事情？”

卡哈尔说，自己和家人并没有因为热比娅的反华言论而被政府“区别对待”，“我们有啥困难政府都会给予及时的帮助，说实话，这让我们心里有些愧疚。”在采访结束时，卡哈尔还邀请《环球时报》记者到自己家里去做客，听听他的女儿和外甥女这些年轻人怎么说。

卡哈尔的建议引起了记者的好奇，热比娅的孙女和外孙女是什么样？现在的生活状况怎样？一进卡哈尔家的门，先让记者发出惊叹的是足有 50 平方米的超大客厅和造型考究的中国风家具。热比娅的孙女阿依迪达·卡哈尔正在收拾客厅的茶几，身着黑色紧身羊毛衫、修身牛仔裤的她身材高挑。“欢迎做客！”她和表姐，也就是热比娅的外孙女卡迪尔亚·卡依萨尔微笑着迎接记者，声音不高，但显得很自信。她们住在同一层楼的门对门，两人经常一块逛街、购物，感情很好。

今年 23 岁的阿依迪达对奶奶热比娅的印象只来自电视新闻画面和长辈的讲述，“记得我上初中时候，新闻上在播她的画面，当时我很疑惑：‘怎么会这样？这个人是我奶奶吗？’父母跟我们说：‘她出国了，走上不好的路。’”阿依迪达告诉《环球时报》记者，起初，同学不知道她与热比娅的关系，后来知道了，纷纷来打听，“我觉得很难堪，不想跟任何人提起这些事。”“老师

2019 年 10 月，热比娅的孙女（左）和外孙女（右）在家中合影。（摄影：范凌志）

对我特别好，事情发生后更关心我的生活和学习，学业才没有受到太大影响。”而今，阿依迪达刚从新疆大学工商管理专业毕业，起初她担心一些公司不敢接收她，没想到政府还帮她联系了几家国企。接受完采访，她马上就要去面试。

热比娅的所作所为也带给外孙女卡迪尔亚相当负面的影响，“2009 年发生那些事（指“7·5 事件”）的时候，我正在上高一，当时很郁闷，只能休学一年，自己在家做饭、看书。”最终，卡迪尔亚考上了南开大学，学习药理学，“她（热比娅）总说‘维吾尔文化被灭绝’，但我们过节的时候也会穿传统的艾德莱斯服饰，跳维吾尔族舞蹈，唱维吾尔族歌曲。现在我们还能学习知识，学校提供的各种优越条件、补助，都是国家支持的。”

漂亮的阿依迪达跟同龄女孩一样，喜欢追剧，最近她正在看美剧《致命女人》。她还没男朋友，虽然她的偶像是香港影星古天乐，不过她说自己的要求并不高，“只要比我高，对我好就行”。热比娅在境外经常造谣“维吾尔人没有自由”，在阿依迪达和卡迪尔亚这样的年轻人看来，其实自由并不深奥，“自由就是在合法前提下，想干啥就可以干啥，没人限制我们。前几年新疆有些女人被迫穿蒙面罩袍才是不自由！所以，希望她不要再造谣，不要再打扰我们的平静生活。”

第三章
来自国际的良知

最近两年，新疆事务成为西方媒体最爱炒作的中国话题之一。“中国正在兴起一场大规模的拘禁穆斯林的行动”，“政府把百万人关入集中营”，“九十年来最大的人权危机”……《纽约时报》、CNN等媒体使用的标题和语句耸人听闻，但只要仔细阅读就不难发现，这些报道字里行间都充满漏洞，或是没有确凿的来源依据，或是刻意扭曲甚至编造事实，或是选择性地断章取义。

事实上，许多抱着客观心态的外国使节、记者和学者在亲自去新疆走一走、看一看之后，都曾发出感慨：现实中的新疆，和他们曾经听闻或想象的样子大不相同。多名土耳其记者在新疆亲眼见到了传说中在“新疆再教育营中被虐待致死”的维吾尔族音乐家阿不都日衣木·艾衣提，并在他的眼中“看到了快乐”；巴基斯坦驻华代办博楼池在参访新疆教培中心和清真寺等地后感叹，这里没有发现任何强制劳动或文化宗教压迫的现象；赞比亚常驻日内瓦代表姆维图姆瓦大使在观看完新疆重点暴恐案例展后不停地擦拭眼泪……“新疆之行，彻底打破了我们过去存在的偏见！”这已成为许多外国人士在实地走访新疆之后最大的感叹。

外国使节记者讲他们眼中的新疆

白云怡 2019-01-24

“我们希望有关媒体严格恪守新闻职业道德，珍惜自己媒体的信誉，不要再援引虚假或编造的消息。”在21日的例行记者会上，外交部发言人华春莹对美国有线电视新闻网（CNN）的一篇涉新疆不实报道进行澄清。此前，外交部曾多次严词驳斥外媒对新疆局势的抹黑报道。围绕中国对新疆的治理，国际上有人存在误解，更有一些人出于某些目的刻意污蔑。为让外界更深入地了解真实的新疆，去年12月28日至30日，新疆维吾尔自治区政府邀请巴基斯坦、俄罗斯、哈萨克斯坦、吉尔吉斯斯坦等12国驻华使节前往参观访问。今年1月9日至16日，又有来自孟加拉国、埃及、土耳其、阿富汗等6国的12位媒体记者走进新疆。近日，《环球时报》记者联系到这些外籍人士当中的3人，听他们讲述自己的见闻和感受。

巴基斯坦驻华使馆代办博楼池——我没看到任何文化打压迹象

环球时报：能否为我们介绍一下您前不久的新疆之行？那次访问，给您留下了怎样的印象？

穆塔兹·扎赫拉·博楼池（巴基斯坦驻华使馆代办）：2018年12月28日到30日，我同来自其他11个国家的大使和代办一起访问了新疆。考察期间，我们先后去了乌鲁木齐、喀什与和田。这不是我第一次访问新疆，不过这次考察再一次加深了我对这一地区的了解，即新疆是一个集聚多重文化与多民族特征的地区，它对中国西部的发展至关重要，且是“一带一路”倡议下实现区域联通的重要节点。

环球时报：考察期间，什么事情或现象让您感触最深？

博楼池：正如我刚才所说，我以前曾多次访问过新疆。每次考察，新疆飞快的发展速度都给我留下深刻印象。我注意到，新疆的发展与减贫政策不仅在较富裕的城市实施，也覆盖相对贫穷的城市与县乡。尤其是南疆基层为发展而付出的努力非常显著，这些努力旨在提升民众的生活水平。我印象特别深刻的还有村办工厂和中小企业，以及为农民开发的廉价住房。我相信，有了这些旨在改善民众教育、住房、生活、医疗和社会保障水平的措施，新疆一定能够实现其发展目标。

环球时报：您在访问期间实际走访了哪些地方？有没有去国际媒体最关注的新疆职业技能教育培训中心？

博楼池：我们此次考察涵盖的范围相当广。我们有机会参观新疆的伊斯兰教经学院、大巴扎、清真寺、警察局，一些经济发展和扶贫工程，以及职业技能教育培训中心。

考察中，位于喀什与和田的三个职业技能教育培训中心被允许对我们完全开放。我们看到那里的培训方案包括教授国家通用语（汉语普通话——编者注）、宪法和法律知识以及职业技能，学员们参加体育、音乐、舞蹈等文体娱乐活动。我们还观摩了几堂职业技能课程。

参观期间，我们有机会和中心的管理层及学员互动。我们观察到学员的身体状况都很好，生活设施也相当现代化。他们住在男女分开的宿舍里，条件舒适，那里提供的食物是清真食品。

环球时报：您发现有强制劳动、文化打压或宗教压迫的情况吗？

博楼池：本次访问，我没有发现任何强制劳动或文化宗教压迫的现象。我们在清真寺遇到的伊玛目以及新疆伊斯兰教经学院的师生都表示，他们在信奉伊斯兰教方面享有自由，且政府在新疆各地清真寺的维护上也提供了帮助。我了解到，全新疆有超过 3 万座清真寺，它们是当地民众宗教生活的一部分。

同样，我没看到任何文化打压迹象。维吾尔族的语言、音乐和舞蹈等民族文化要素构成了新疆人民生活的一部分。我们注意到，在当地的官方机构、机场、地铁站、警察局和旅店，维吾尔语被广泛使用。我们甚至在清真寺和伊斯兰教经学院看到被翻译成维吾尔语的《古兰经》副本。中国政府保护维吾尔文化最明显的例证是开办的双语幼儿园，在那里孩子们从小就同时学习汉语和维吾尔语言文化。

环球时报：对于新疆正在实施的一些强化安全、打击恐怖主义的措施，您有什么看法？

博楼池：在行程中，我们获悉，最近实施的安全措施改善了新疆的安全局势，近几个月都没有发生恐袭事件。新疆正在采取的反恐措施是多方面的，不仅仅侧重在执法上，教育、扶贫和经济发展都是政府反恐战略的关键抓手。

环球时报：在您看来，这一系列政策措施是否有利于当地的稳定与发展？

博楼池：我理解新疆的发展是中国整个西部发展的关键。即使在新疆的偏远地区，比如南部欠发达地区，我们也看到发展的势头。基础设施、机场、铁路和公路网的修建增强了中国新疆与内地、中国与周边国家的联通能力。新疆已为在共建“一带一路”和中巴经济走廊项目中发挥关键作用作好准备。

2019 年 2 月，疏勒职业技能教育培训中心学员学习电器维修。（摄影：刘欣）

新疆正在经历一场快速的工业化进程，它通过税收优惠吸引国内外企业入驻。自治区政府主席告诉我们，新疆与包括北京、上海、广东、山东和浙江在内的较发达地区展开经济合作，取得丰硕成果。现在新疆的 GDP 总量已超过 1 万亿元人民币。希望新疆的和平稳定加上这些促进经济社会发展的政策，能进一步鼓励外界投资。随着职业技能培训和普通话的推行，新疆本地人口未来有望在该区域的发展中发挥更大作用。

孟加拉国记者拉赫曼考察 9 天——找不到西方媒体那些“想象”的依据

“教室里，学员们正在学习普通话和国家法律，还有一些在接受各类职业技能培训。室外，很多学员正在进行体育锻炼，或做一些文娱活动……”不同于诸多西方媒体的“妖魔化”渲染，新疆职业技能教育培训中心给孟加拉国记者西哈布·拉赫曼留下的是这样一幅画面。

拉赫曼是孟加拉国英文报刊《每日太阳报》的执行主编。一周前，他刚刚结束对中国新疆为期 9 天的采访考察。这趟旅程中，他先后走访乌鲁木齐、喀什、克孜勒苏等地，并深入被外界广为关注的职业技能教育培训中心。不过，他看到的却是一个和西方媒体报道中完全不同的新疆。

“通过和很多名新疆职业技能教育培训中心的学员交谈，我才了解到，这里的学员或是此前有过一些小的刑事犯罪行为，有宗教狂热主义、极端主义或恐怖主义行为，或是被发现有这些思潮的倾向。有的学员说，他们此前甚至不了解国家的法律，也不知道他们参与的犯罪行为会导致（受到）惩罚。”拉赫曼对《环球时报》记者回忆说，“一名 46 岁的男性学员告诉我，他以前经常虐待自己的妻子，理由仅仅是因为她擅自外出或没有戴头巾。现在他们相信，培训中心将帮助他们不再犯错误，回到正确的道路上。”

虐待、压迫和强制劳动，这是部分西方政客和媒体对这些培训中心完全缺乏事实依据的“想象”。拉赫曼告诉记者，他没有在这里以及他在新疆去过的任何地方发现这些迹象。“我很直白地问过好几名学员：你们在培训中心有没

新疆伊斯兰教协会会长阿不都热克甫·吐木尼亚孜向参观者介绍情况。（摄影：刘欣）

有受到任何形式的压迫或虐待？所有人的答案都是否定的。他们对得到的待遇、食物和住宿都很满意。”

“培训中心的负责人告诉我们，学员通过语言和法律考试后，还会接受为期 3 个月的职业技能培训。如今，已有大约 1000 人从那家培训中心毕业，大多数已就业，一些人自己做生意，另一些人则进入各类企业。这名负责人说，培训中心还可以为那些找不到工作的学员安排就业。目前，中心还有约 2000 名学员。”这位孟加拉国记者说。

在采访中，拉赫曼反复向《环球时报》记者强调他所看到的当地政府保护少数民族文化习俗同时提升其生活水平的努力。“我访问的所有地方都充满少数民族社区以及活跃的文化活动，这远远超出我的期待和想象。”

拉赫曼曾参观一个约有 1000 户柯尔克孜族家庭的社区。此前这些民众住在山上，生活艰辛，现在当地政府把他们带到一个新开发的住宅区，为每个家庭提供一套配备家具的公寓。“社区拥有各种现代化设施，比如诊所、图书馆、社区中心、购物区、娱乐区等。政府为他们提供土地和种子树苗，教授种植技能。这大大提高了他们的家庭收入。”

拉赫曼说，在喀什古城，人们被赠予与各自住宅相连的商铺，以便在增加收入的同时，从事乐器和手工艺品制作等少数民族世代从事的行业。“我相信，所有这些措施都有利于新疆的稳定和发展。”他说。

一名匿名外籍记者的遗憾——很希望我国也这样做，可是……

进入培训中心探访的记者还有阿巴斯（化名）。这名记者不愿对外透露真实姓名与供职媒体，因为他担心一些人会因他对新疆的积极看法而“被污蔑拿

印度尼西亚和马来西亚媒体采访团在和田职业技能教育培训中心采访学员。（摄影：刘欣）

印度尼西亚记者与新疆克孜勒苏柯尔克孜自治州的居民合影。（摄影：刘欣）

了中国政府的钱”，虽然他“只是想说出亲眼看到的东西”。

“西方把这些培训中心称作‘再教育营’，‘营’这个字眼会让你的脑海里不由自主地浮现出锁链、劳累沮丧的民众等画面。然而，这完全不是我看到的情景。”阿巴斯告诉《环球时报》记者，“这些培训中心看起来完全像是大学校园，有宽敞的教室、很好的宿舍，还有食堂和大操场。”

据阿巴斯讲，许多学员在与他的交谈中表达了对培训中心生活与课程的积极态度。《环球时报》记者向他追问，是否怀疑过这些同他聊天的学员是政府有意安排的，他摇了摇头说：“所有人都是我随机挑选的，而且不是从一个教室里挑的。所有教室里都有学员和我聊过，我们想问谁都可以。”至于这些人的回答是否是在压力下被迫说的，阿巴斯拿出手机，为记者展示了许多他在培训中心拍摄的照片：“你看这些人，看他们的眼神和表情，还有笑容，他们像是生活在压迫中的人吗？完全不是。”

在阿巴斯看来，新疆采取的诸如职业培训中心等一系列举措，目的在于推动民众更快地融入“主流社会”。他通过采访得知，培训中心的学员大多来自极其贫困的地区，温饱难以得到保证，“有的一个月才能洗一次澡”，许多人连中文都不会说。“如果你连自己国家的主要语言都不会说，你怎么找工作，怎么和人做生意？”他对新疆推广的汉语教学评价道：“这是在帮助学员成为对社会有用的人，也是在帮助他们提高生活水平。这难道是一件坏事吗？”

阿巴斯认为，汉语的普及和对宗教、文化的尊重并不矛盾。身为一名穆斯林，他在此次访问中专门留意了新疆政府和社会对宗教与民族文化的态度。他注意到：在职业技能教育培训中心，许多学员穿戴着自己民族的传统服饰，饮食中有鸡有鱼，都是清真食品；在清真寺里，信徒们可自由祷告，“没有任何人阻拦，而且我还看到了阿拉伯语版的《古兰经》”。

“有意思的是，中国的新疆和8个国家接壤，但所有这8国中，没有一个（对中国的新疆治理政策）有批评或怨言。而西方国家尤其是美国，和新疆一点关系也没有，却在不停地批评。我不能理解这种逻辑。”采访快结束时，阿巴斯说。

阿巴斯告诉记者，他的国家也受到极端主义困扰，他很希望自己的国家能有类似中国职业技能教育培训中心这样的机构来帮助那些人找到出路，也希望政府能对减贫有更多投入，从根源上减少极端化。“但这需要大量的财力和投入，我的国家无法像中国这样做到这些。”

“我们为何支持中国新疆政策”

白云怡 谢文婷 2019-07-29

截至日内瓦时间26日下午6时，50国常驻日内瓦代表联名致函联合国人权理事会主席和人权高专，积极评价中国新疆人权事业发展成就和反恐、去极端化成果，支持中国在涉疆问题上的立场，比最初联署致函的37国又增添了13国。另外，还有国家通过单独致函、发新闻稿等方式呼应和支持中方主张。他们中有许多人访问过新疆，亲眼见到新疆真实情况。这些常驻日内瓦代表在信函中积极评价中国经济社会发展成就，反恐、去极端化成果和人权保障水平，赞赏中方多次邀请各国使节、国际组织官员、媒体人士访疆；指出访疆期间所见所闻与西方媒体报道的完全不一样，敦促部分国家停止借未经证实的信息对中国进行无端指责。

“中国对打击和预防恐怖主义给予相同程度的重视”

在这封致联合国人权理事会主席和人权高专的信函中，50国共同强调，面对恐怖主义和极端主义的严重威胁，中国新疆采取了一系列反恐和去极端化措施。这些举措扭转了新疆的安全局势，有效保障了新疆各族人民的基本人权。“我们敦促有关国家在从未访问过新疆的情况下，停止借未经证实的信息对中国进行无端指责。我们敦促人权高专办、条约机构、特别机制专家根据授权客观公正行事，注重同会员国政府沟通，根据真实可靠信息开展工作。”

委内瑞拉驻华使馆对《环球时报》记者表示，之所以决定向联合国联署致函，是因为委内瑞拉充分注意到中国政府为新疆作出的努力。“自2013年起，中国每年在该地区实施的改善民众生活水平的举措占该地区年度公共预算的70%以上。南疆实施15年免费教育计划，农村地区还有3年免费双语学前教育计划。”此外，委内瑞拉也很高兴地看到，中国正在加快制定保护境内宗教自由的法律与制度。

“中国根据自身情况，对打击和预防恐怖主义给予相同程度的重视，将打击暴力恐怖主义犯罪和促进保护人权结合起来。委方赞赏中国的努力。”委内瑞拉驻华使馆对记者说，“中国政府一直在新疆努力打击（恐怖主义）这一祸害，始终依照法律和规定行事，保护其公民免遭恐怖主义和暴力的危害，并以援助和教育方式推动针对违法人员的改造政策，以防止他们成为恐怖主义和极端主义的受害者。”委内瑞拉驻华使馆同时表示，委方充分注意到中国在人权领域的巨大进步，“中国在人权领域的领导地位是无可争议的”。

巴基斯坦驻华使馆虽然没有对《环球时报》记者有关涉疆联名信的问询作出进一步评论，但表示该国立场已清楚地写在致联合国的信函中，“这封信本身就已能说明一切”。

古巴驻华使馆临时代办利斯贝特·奎萨达26日对《环球时报》表示，新疆文化多元，民族间互相尊重。在地方党委和政府的领导下，该地区在依法打

2019年7月，和田地区一位老人在展示她的居民健康小药箱。（摄影：范凌志）

击和预防恐怖主义、保障公民宗教自由和保护民族传统文化方面取得许多成就。“在我看来，（新疆）建立职业技能教育培训中心使当地居民具备职业素养，这有助于他们更好地了解周围环境，更有能力理解、发现和打击恐怖主义行为。”这名古巴外交官补充道。

获许多伊斯兰国家支持，它们看新疆视角与西方不同

引人注目的是，联名致函国家中有一大部分是穆斯林人口占多数的国家。而诸如沙特、阿联酋、埃及等国，更是在伊斯兰世界颇具影响力的地区大国。有媒体分析认为，伊斯兰国家的认可，足以说明全球对中国在新疆实施的发展与反恐模式的支持。

沙特吉达大学研究与咨询研究院副院长艾哈迈德长期关注新疆事务。他在接受《环球时报》采访时表示，中国在新疆地区加强治安管控、对当地儿童进行双语教育等措施“非常有道理”。他告诉记者，自己在十年前访问新疆时就已发现，当地存在很多问题，一部分民众思想封闭，对外部世界了解极少，亟须提升教育水平，帮助他们融入正常的国家社会生活。

伊朗是联署国之一，同时也就中国涉疆问题单独发表声明。伊朗在声明中反对针对中国的指控，抨击西方国家随意使用双重标准，将国际人权机制降级为政治工具。

伊朗驻华使馆就中国新疆政策对《环球时报》评论称，伊朗认为中国对促进和保护人权的承诺是真诚的，也具有内在动力，它源于中国的文化历史背景和要求。它把美国等西方国家借涉疆问题攻击中国称为“政治化的、非法的和霸权式的阴谋”，并表示“人权事务当前面对的最大对手就是那些把它当成外交政策工具箱中工具来滥用的人”。

胡贾图拉·齐亚是阿富汗《每日瞭望报》的记者。他对《环球时报》记者说，自己曾经阅读过许多西方媒体有关维吾尔族和所谓“再教育营”的报道，“老实说，我曾相信这些就是事实，但当我真正来到新疆的职业技能教育培训中心时，我的想法变了”。

新疆维吾尔自治区的儿童（摄影：崔萌）

“教培中心的学生们告诉我，此前他们通过一些未知来源的微信账号接触到了原教旨主义，并参与地下宗教活动。后来政府发现了这一情况，将他们收入教培中心教授法律，并给予职业技能培训，这样他们以后就可以有一份工作，不会因为无知而投身于原教旨主义。”齐亚告诉记者，“最让我没想到的有两件事，一是新疆有大量的清真寺，二是教培中心里的学生可以念诵《古兰经》并说阿拉伯语。”

齐亚回国后撰写了多篇关于新疆的稿件，讲述自己在新疆的见闻，他希望可以改变一些人的错误观念。他告诉记者，他所发表的文章在阿富汗反响很好，很多读者说他们被新疆的多元文化深深吸引。

中国前驻阿联酋、伊朗大使华黎明告诉《环球时报》记者，尽管沙特和部分海湾地区产油国与美国关系密切，但他们看待中国及其新疆事务的视角与西方大不相同。美国等西方国家把涉疆问题视作遏制中国的工具之一，而伊斯兰国家更倾向于从反恐的视角来看待涉疆问题。华黎明表示，随着伊斯兰国家对中国了解的日益加深，他们越来越清楚中国当前在新疆面临的极端主义挑战，也对中国相关政策产生更多的认同。

全球政策和分析智库“欧亚未来”谈及中国新疆政策得到众多伊斯兰国家支持时分析称，“这清楚地表明，许多国家正寻求向中国学习如何在打击极端主义的同时促进经济繁荣，并在那些易受恐怖分子渗透的人群中使社会和谐得以巩固。”

不过艾哈迈德对《环球时报》记者说，伊斯兰国家部分民众对中国的新疆和穆斯林政策仍存有一定误解。其中一大原因是他们接触到的新闻充斥着大量不实内容，而这些内容很多来自“东突”集团。中国在新疆地区做的大量的、有益于当地的事情，很难通过媒体使这些民众知道。

“作为侵略他国的‘专家’，美国不配当人权的捍卫者”

美国等西方国家对中国新疆事务的攻击同时激发了其他常被美国以人权为借口干涉内政的国家的愤怒。在联署致函的国家中，俄罗斯、菲律宾、委内瑞拉、缅甸、古巴等国近年来都频频遭遇美国在人权问题上的“发难”。

“作为侵略他国和搞经济封锁的‘专家’，作为造成世界上数百万人死亡的责任人，美国政府从道德上就不配当人权的捍卫者。”针对美国在人权问题上实施双重标准，委内瑞拉驻华使馆对《环球时报》记者说，美国政府把崇高的人权事业当作一种工具，用来妖魔化那些不屈从于其利益的国家。它推动并资助破坏那些不服从其霸权主张的政府的稳定，拥有世界上最黑暗的大规模侵犯人权的记录。

近几个月来，美国持续以人道主义危机为由要求委内瑞拉现任总统马杜罗下台，对该国施以严厉的经济制裁并威胁可能“武力干涉”。

古巴驻华使馆临时代办奎萨达也对《环球时报》表示，古巴反对某些国家利用人权议题向别国施加政治压力或实施惩罚措施，很多时候，这种举动的真实目的不过是“推动和掩盖（他们寻求别国）政权更迭的行动”。

“外交政策存在太多‘双标’损害美国可信度”，美国智库卡托研究所高级研究员特德·盖伦·卡彭特去年曾经撰文说，美国领导人喜欢将华盛顿描述为国际社会的“道德典范”，“但实际情况与此相差甚远，而且几十年来都是这样”。文章认为，美国宣扬的价值观与其实际采取的政策在中东问题上尤其存在明显温差，对待伊朗、沙特、土耳其、叙利亚等国家时都存在“双标”问题。

土耳其记者感慨讲述新疆之行

白云怡 刘 欣 2019-08-12

“新疆之行，彻底打破了我们过去存在的偏见！”这是多名土耳其记者在走访中国新疆维吾尔自治区后最大的感受。众所周知，土耳其是世界上最关注中国新疆政策的国家之一，但受“东突”势力的欺骗和煽动，一些土耳其民众，包括媒体人在内对新疆抱有不少误解和偏见。然而，当土耳其《民族报》《星报》《光明报》等媒体的记者到新疆实地参观、调查后，他们完全颠覆了自己长久以来的认知。《环球时报》记者日前翻阅多篇土耳其新闻同行在走访新疆后撰写的报道，并与他们深入交流。土耳其同行表示，新疆文化生活丰富，宗教信仰自由，他们在新疆的所见所闻击碎了一个又一个谣言。通过和当地人以及与当地政府的沟通，他们也开始逐渐理解新疆职业技能教育培训中心（教培中心）对预防和打击恐怖主义的重要意义。

见到被谣传“已死”的维吾尔族音乐家

到了新疆，让土耳其记者产生巨大冲击的是一位名叫阿不都日衣木·艾衣提的维吾尔族音乐家的“重现”。今年 2 月，土耳其政府突然发布一则措辞强烈的声明，称阿不都日衣木·艾衣提在新疆的“再教育营”中被虐待致死，并据此要求中国立即关闭教培中心。有西方媒体还说，因歌曲中含有“祖先”一词，阿不都日衣木·艾衣提被判入狱 8 年。然而，7 月 19 日，土耳其《民族报》的记者卡拉卡什和其他土耳其同行在阿不都日衣木·艾衣提位于乌鲁木齐的家中见到了这位被传“已死”的音乐家。卡拉卡什告诉《环球时报》记者，他当时注意到，阿不都日衣木·艾衣提的身体状态很好，回答问题很流利。卡拉卡什说：“我在阿不都日衣木·艾衣提的眼睛里可以看到快乐。我没有观察到任何阿不都日衣木·艾衣提曾被虐待折磨的迹象。”阿不都日衣木·艾衣提告诉

2019年7月，吐奇·阿科奇（左）与游吟诗人阿不都日衣木·艾衣提会面。（吐奇·阿科奇提供）

他们，自己是一名“国家级艺术家”，20世纪80年代以来一直在歌舞团工作，每月可以“从国家拿1万元的工资”。当卡拉卡什问他是否真的入狱8年时，阿不都日衣木·艾衣提的回答是：去年出于一些原因，他的确曾接受过调查，作为嫌疑人被警方控制了两个星期，但最终调查结束，他被证明没有任何问题。

土耳其《光明报》记者吐奇·阿科奇在相关采访后的报道中这样写道：“疆独”分子一直拿阿不都日衣木·艾衣提制造事端。这名游吟诗人被称为“都塔尔演奏之王”，他的民歌充满生活气息，但却常被“疆独”分子用作反华宣传的工具。因此，“阿不都日衣木·艾衣提被迫害致死”的谣言很容易激起反华情绪，许多土耳其政界人士就这一所谓事件开始指责中国，甚至土外交部也在没有调查清楚真相的情况下谴责中国，并一度导致两国关系紧张。然而，土耳其媒体人亲眼看到，与分裂分子的说法相反，阿不都日衣木·艾衣提本人在中国生活得十分幸福。阿科奇这样描述见到阿不都日衣木·艾衣提时的场景："当时，有记者问阿不都日衣木·艾衣提，'维吾尔族民众幸福吗？有什么困难吗？'他回答说，维吾尔人没遇到什么困难，'我们是中国56个民族中的一员。每一个民族都是平等的，我们各民族很团结，而且（未来）必须要更团结、更紧密。"

结束采访时，阿不都日衣木·艾衣提送给卡拉卡什一件都塔尔乐器作为礼物，并通过他向关心自己的土耳其人民问好，希望"两国间能有更多沟通，关系越来越好"。带着阿不都日衣木·艾衣提的期待，卡拉卡什回国后很快在《民族报》上刊登了有关阿不都日衣木·艾衣提真实现状的报道，随后还有大量土网络媒体转载。卡拉卡什告诉《环球时报》记者："这是一次很成功的传播，我非常高兴。"在报道中，他还这样感叹："其实中国之前早就发布了阿不都日衣木·艾衣提仍然在世的澄清视频，只是毫无意外地，以英国广播公司（BBC）为首的西方媒体并没有传播它。"

看到的是世界反恐范例，不是"黑暗图景"

赛里夫·阿赫麦特是土耳其《星报》的国际新闻编辑，自认为对中国现代的政治经济发展问题很了解，"但新疆仍是一个十分陌生的地方"。他告诉《环球时报》记者，自己此前对新疆的了解基本都来自西方媒体的报道，而这些报道的"消息源"大多来自"东突"组织。在今夏的新疆之行后，阿赫麦特已将这些斥为"虚假新闻和舆论操纵"。

"曾经，我也认为新疆的维吾尔人生活在巨大压力之下，即使是我们（国外的穆斯林）去乌鲁木齐，也会很不安全。西方媒体最常说的有三点：对人民的压迫、对伊斯兰习俗的禁止和'集中营'，因此，我想象中（的新疆）完全是一幅黑暗的政治图景。但现实与此完全相反。"阿赫麦特在接受《环球时报》记者采访时非常坦诚。让这名土耳其新闻人印象最深的是乌鲁木齐市中心清真寺里做礼拜的人数之多，他说："我去的时候，那里简直可以用拥挤来形容。而一名维吾尔族百姓告诉我，周五来做礼拜的人数比这还要多。"阿赫麦特还走访了新疆的伊斯兰教经学院，他认为那里的很多学生对教义的掌握和理解都

2019 年 7 月，游客和新疆当地居民在景点欢快起舞。（摄影：崔萌）

非常出色。而更让他吃惊的是，经学院学生还有机会在中国政府的资助下前往埃及进修，以便将来成为当地广受尊敬的、会阿拉伯语的伊玛目。

卡拉卡什告诉《环球时报》记者，他看到的新疆根本不是“很多人以为的那种地方”，“我的偏见被打破了”。他以前认为维吾尔族无法使用自己的语言，也不被允许拥有自己的文化和生活自由，但他夜晚乘出租车来到维吾尔人居住的地方时，看到的却是他们在街头和广场上载歌载舞的场景。卡拉卡什说：“这让我非常震撼，你站在街头就可以感受到他们的安宁和幸福。”

值得一提的是，在实地考察结束后，绝大多数土耳其记者对新疆教培中心的“错误猜想”也彻底改观。“来到教培中心，我们终结了所有舆论中传播的谎言。教培中心给全世界在反恐问题上提供了一个范例。这里可以预防犯罪，可以接受知识启蒙，将一些人从恐怖分子的影响中解救出来。”《光明报》记者阿科奇先后走访了位于和田和阿克苏的两个教培中心。他告诉《环球时报》记者，通过与 50 多名教培中心学员聊天，他了解到这些人不懂得法律，对科学也没有基本的认知，许多人曾经被地下传教者“洗脑”。而在教培中心里，所有课程都在强调科学与法律。“这是消灭恐怖主义的根源，不只是打苍蝇，而且还要清除泥塘。”阿科奇这样形容说，近年来发生在新疆的变化是“一种现代化的突破”。他特别强调，自己在教培中心里的采访没有被任何中国官员监督、限制和干预，“我感到所有学员对我的讲述都是真诚的，因为我盯着他们的眼睛，如果有任何谎言，我一定会感觉到”。

《光明报》的一篇报道作了如下描述：在教培中心的学员里，帕提玛古丽·伊斯拉木的故事是最具启发性的一个。2005 年，仅 13 岁的帕提玛古丽落入一个维吾尔族黑帮组织的手中，从此被强迫参与盗窃活动，并被殴打折磨。随后，她经历了两段被迫的宗教婚姻，并在此期间被灌输“维吾尔人是穆斯林，汉族人都是异教徒，所以我们要偷他们的钱财”。直到今年，帕提玛古丽被解救出来。文章写道：“她告诉我们，她在教培中心学习了普通话和维吾尔语，知道了什么是违法行为，也懂得了如何用法律捍卫自己的权利。”

《光明报》还援引新疆一名官员的话称，中国对暴恐分子、民族分裂主义分子所采取的态度，和对被他们欺骗的无辜公民的态度不同：前者有意识地以鼓吹宗教极端思想的方式给普通民众洗脑，以谋求达到分裂新疆的政治目的，而后者由于识字率不高、法律知识欠缺，很容易被前者欺骗。这名官员表示，教培中心实际上类似一种对后者所犯轻微过错的“赦免”举措，也是一种“加紧预防”性质的措施。《光明报》的报道让土耳其读者从这名官员的解释中知道：“在宗教事务中，国家扮演的角色非常重要。如果政府不作为，就很容易出现宗教滥用和投机行为，继而产生宗教极端思想。”

抹黑新疆问题的“幕后黑手”

在与卡拉卡什等同行的交流中，《环球时报》记者了解到，在土耳其，大部分民众仍对新疆的情况存有很大误解，并因此对中国的新疆政策持保留甚至反对态度。他们认为，这很大程度上源于土耳其民众在新疆话题上完全被“虚假扭曲报道所操纵”，而民众由此被激起的情绪也进一步被该国国内部分政客利用。阿赫麦特认为，土耳其人能看到的新疆新闻的信息源几乎都来自“东突”分子的虚假信息。他们中的很多人从20世纪70年代起就居住在土耳其，有基金会、协会、非政府组织等多种形式，其头目和一些外国政府也有关联。而一些与宗教极端主义有关的政治团体又进一步放大这种舆论操纵，以此赚取更多政治优势。阿赫麦特表示，还有一部分土耳其政客把涉疆问题当作影响政府的工具，他们希望看到土耳其与美国更靠近，并不断试图在土中之间制造更多冲突。在土耳其国内这样的舆论氛围下，阿赫麦特在从新疆返回土耳其后，甚至一开始没敢撰写报道。他说：“因为这对我们来说是个太危险的话题。”

中土两国关系的好转和“一带一路”倡议的推行被认为将有助于让更多土耳其人看清事实真相。阿科奇表示，新疆在对全世界都有重大影响的“一带一路”倡议中地位重要，因此土耳其有必要让其公众正确地了解新疆议题，“那些虚假信息需要得到纠正”，西方媒体在这一议题上的话语霸权也应当被打破。他表示，自己将继续观察并撰写介绍新疆真实情况的文章。

北京大学土耳其研究中心主任昝涛8月11日在接受《环球时报》记者采访时表示，近一段时间以来，加强对华关系已成为土耳其平衡外交战略中日益重要的“砝码”与发展趋势。中土间联系与交流频次的提升，将增强两国间现在还十分有限的了解，有助于更多土耳其人能更客观、更理性地认识中国的新疆政策。

“埃尔多安总统7月初的中国之行对土中关系来说非常重要。”阿赫麦特告诉《环球时报》记者，此访结束后，土耳其没有加入西方阵营联署攻击中国新疆政策的公开信就是一个明证。但他认为，如果想彻底破除土耳其人对新疆的误解，中国还需要通过大众传媒更有力地传播真相，更好地向土耳其人解释其治疆政策。

听中外人士讲日内瓦涉疆博弈

白云怡 宋胜霞 刘 欣 2019-09-04

8月28日至9月1日，也门、南非、赞比亚、莫桑比克等8国常驻日内瓦代表和主要外交官受中国外交部邀请前往中国新疆的乌鲁木齐、和田、喀什等地参观访问。他们中的多位人士告诉《环球时报》记者，返回日内瓦后，他们将向各方客观真实地描述新疆的情况。去年11月，联合国人权理事会举行第三轮国别人权审议时，美国、英国等国代表声称对新疆形势“深切关注”，中方代表团则列举大量事实和依据，予以严正驳斥。在今年3月和7月的人权理事会会议期间，某些西方国家以“人权”为名频频抹黑中国的新疆政策，以达到向中国施压的目的，令日内瓦成为涉疆外交战的一个喧嚣之地。

为何发展中国家更认同中国的新疆政策

不同于在人权审议会议上总是“为反对而反对”的西方国家，在涉疆问题上，许多发展中国家代表在实地参观访问后，往往都会对中国在新疆实施的发展与反恐模式予以认同和理解，并在各类国际场合中挺身而出为中国发声。

赞比亚常驻日内瓦代表玛莎·伦古·姆维图姆瓦就是其中之一。当她在乌鲁木齐的新疆国际会展中心观看新疆重点暴恐案例展时，一张张鲜血淋漓的受害者照片、一件件触目惊心的暴恐武器，都让这位女大使不停地擦拭眼泪。

“看到这么多无辜的民众毫无理由地被杀害，我的心都要碎了。在那些受害者中，有那么多年轻的生命，甚至小孩子也成为攻击的目标。他们做错了什么，要承受这样残酷的命运？”观展结束后，姆维图姆瓦仍然没有平复悲伤的情绪。她对《环球时报》记者说：“现在我们人在这里，亲眼看到了这一切。我很高兴地听说，这样的情况在过去三年里没有再发生，政府已经控制了恐怖主义（的蔓延）。我希望中国政府能采取更严厉的措施，确保针对平民的暴恐袭击不再

2019年8月28日，日内瓦常驻使节代表团在乌鲁木齐市的一个广场上与当地居民共舞。（摄影：宋胜霞）

发生。”

今年7月，50国常驻日内瓦代表联名致函联合国人权理事会主席和人权高专，积极评价中国新疆人权事业发展成就和反恐、去极端化成果，这也被视为对此前一些发达西方国家指责中国新疆政策的一次直接回应。

穆斯林占人口多数的也门正是这50国中的一员，该国常驻日内瓦代表阿里·穆罕默德·赛义德是此次日内瓦常驻使节代表团的团长。在访疆期间，他见到了喀什疏附县一名不久前从职业技能教育培训中心结业的男青年麦合穆提江。这名25岁的男青年如今利用自己在教培中心学到的技能在一家村办企业打工，不再像以前那样过着游手好闲、每天只知向自己眼中的“异教徒”寻衅滋事的生活。

听完麦合穆提江的故事，赛义德十分感慨。告别时，他握着麦合穆提江的

2019年8月，日内瓦常驻使节代表团拜访结业的教培中心学员麦合穆提江。（摄影：宋胜霞）

手说："我真高兴，你回到了正确的道路上。我也希望你能成为更多年轻人的榜样。"赛义德对《环球时报》记者表示，职业再教育是反恐的一条有效途径，因为它能实现人的真正发展。"也门认为中国政府完全有权利、也应该继续这一工作。可以说，教培中心甚至比一些大学都有用。中国在这方面的经验十分成功，也值得其他有去极端化和反恐需要的国家效仿。"

不难发现，广大发展中国家与欧美一些国家对中国新疆政策迥然不同的立场很大程度上源于他们看待涉疆问题时的不同视角。当西方把新疆事务视作遏制中国的工具之一时，更多发展中国家则更倾向于用反恐、打击暴力、促进发展等视角来看待这一议题。而这些国家本身在发展中遇到的一些问题，也让他们对中国的政策有了更多感同身受的认可。

莫桑比克常驻日内瓦代表阿马德乌·保罗对《环球时报》记者表示，在几次联合国人权审议期间，他注意到有些西方国家对中国在新疆事务中的努力和成就没有明确概念，“其实可能他们也是知道的，只是不愿意明确表达出对中国努力和成果的赞赏”。他表示：“对莫桑比克来说，由于我们国家经常发生无任何理由的暴力杀戮悲剧，所以我们非常清楚暴力会给一个国家和人民带来多大伤害，也因此很赞赏中国的相关政策。我认为中国保护社会安全方面有许多好的经验值得莫桑比克学习。”

西方在人权审议时抹黑中国的几个小伎俩

姆维图姆瓦告诉《环球时报》记者，她在日内瓦工作时，总是听到一些国家代表在各种场合把新疆形容成“一座大监狱”，说那里的人“都被操纵和洗脑”。“但我并不相信这些话。”她说。

姆维图姆瓦的印象是部分西方国家在联合国人权审议中污蔑、抹黑中国新疆政策的一个缩影。新疆大学政治与公共管理学院教授祖力亚提・司马义曾参加过去年11月联合国人权理事会第三轮国别人权审议和今年3月核可国别人权审议报告会议期间在日内瓦万国宫举办的“新疆人权事业发展进步”主题边会。她告诉《环球时报》记者，西方国家拿涉疆问题做文章最常见的方法是利用非政府组织（NGO）替他们“出头”。

“鉴于中国的国际地位，有些国家不敢明目张胆地在审议上抹黑中国新疆政策。但他们会在背地里搞一些小动作，比如请一些NGO来替他们发声。这些NGO往往会用尖锐的言辞、打着人权保障的旗号批评中国。言论看似强调独立性，但实际上全是主观判断，充满情绪化的武断结论。”祖力亚提说。

参加过去年11月审议的西南政法大学人权研究院执行院长张永和告诉《环球时报》记者，许多NGO背后的支持者是美国。尽管美国退出了联合国人权理事会，但它仍然试图通过自己的西方盟友以及通过操控一些NGO，把人权理事会变成同中国对峙与抗衡的平台。

另一个西方常在审议期间搞的小动作是利用“东突”组织在场外造势，以便给场内施加压力。张永和回忆说，在去年11月的那次审议期间，有“东突”组织纠集一群人在万国宫外的广场上游行、喊叫、搞签名，“试图影响会场里

2019 年 9 月，新疆伊斯兰学院院长向外国专家介绍学院情况。（摄影：宋胜霞）

的进程”。此外，这些人还在万国宫刻意接近中方代表或专家，大量拍照，试图搞“政治碰瓷”，一旦有中方代表和学者尝试阻止他们，就会正中其圈套。

对于这样低级和恶劣的招数，中国拆招的方式不卑不亢：用更翔实的数据、更令人信服的案例，来争取更多国际上正义的声音，效果总是好得让搞“小动作”的国家大失所望。张永和说，每次审议前，中国人权研究会都会走访许多国家的代表团，向他们介绍中国新疆的真实情况。

“记得我们和伊斯兰合作组织驻日内瓦代表团交流时，最初预计的谈话时间是 40 分钟。没想到随着沟通深入，伊合组织的负责人主动提出延长交流时间，最后一共聊了两个多小时。后来，伊合组织的人感叹，之前他们的信息来源太单一了，就是 BBC 等西方媒体，现在他们终于听到了不同的声音。”张永和举例说。

祖力亚提则对记者回忆说，她在会议上向与会者分享的最重要案例之一就是其亲身经历。“我本人就是一名生活在新疆的女性，我的故事就是一名少数民族女性成长为知识分子的典型案例。我想，这应该是一个很有说服力的故事。我还记得当时许多听众都举手和我交流，还有一位国外听众在会后专门找我留联系方式，希望继续了解新疆女性儿童权利保障进步的情况。”

“眼见为实”

“我们都已亲眼看到，新疆不存在任何问题，没有任何不尊重人权或宗教不自由的现象，我想任何国家的官员前来都不得不承认这一点。”参访结束后，赤道几内亚常驻日内瓦代表拉扎洛·埃库阿这样对《环球时报》记者表示。

祖力亚提认为，在日内瓦这个国际舞台上，新疆议题仍有很高的关注度。如今，对中国新疆政策的恶意揣测和受媒体错误引导的情况已有很大好转，对于中国在新疆通过教培中心去极端化的这一新方式的可行性与成效，各国也开始有了更加理性的思考，这与中国对外国使节和媒体来新疆参访采取更加开放和主动的做法有密切关系。

“眼见为实！”在为期五天的新疆之旅中，这是姆维图姆瓦最常提到的一句话。她告诉《环球时报》记者，在新疆看到的一切解答了她此前的许多疑问，她将把在这里看到的真实情况“讲述给日内瓦的人听”，“我也希望更多国家的外交官，尤其是那些对新疆还有疑问的外交官，能够得到像我们这样的机会，亲自来这里看一看”。

评论篇

第四章
拉掉西方涉疆报道的遮羞布

“西方的价值体系与新疆的现实出现一些隔阂，这可以理解。但最糟糕的是上面所说的，一些西方精英对新疆局势怀有不同程度的恶意。请他们拍着良心说，他们真的在意过那里的无辜生命被暴恐分子杀戮吗？他们是不是对新疆社会被暴恐事件反复冲击，尤其是那些事件拖累了中国感到很兴奋？还请他们扪心自问：他们是不是更希望看到新疆继续乱下去，而不是愿意看到那里重归和平与繁荣？”

“实践是检验真理的唯一标准，新疆越变越好的事实比所有说教都更加强大。西方舆论的口诛笔伐之所以压不垮新疆的治理，根本原因是今天的新疆治理是对的，是给那里的人民带来了实实在在好处的。西方假借正义之名，抨击对扭转新疆局势作出重大贡献的教培中心，只能证明他们拒绝对照现实自我修正的教条主义以及出于各种目的的虚伪。”

37 国支持新疆治理，这才是正义

2019-07-15

包括沙特阿拉伯、俄罗斯在内的 37 个国家 12 日致信联合国，明确支持中国的新疆政策。这是对几天前22个发达国家写信批评中国新疆政策的直接回应。相比只反映西方单面孔的那 22 国政府，这次挺新疆的 37 个国家的代表性可谓大多了。

据报道，这些国家在给联合国人权理事会的联名信中反对将人权“政治化”，并称中国在人权领域取得了显著成就。信中说：“面对恐怖主义和极端主义的严峻挑战，中国在新疆采取了一系列反恐和去极端化措施，包括建立职业技能教育培训中心。”信中还提到，新疆已经 3 年没有发生恐怖袭击，人们享受到了更强烈的幸福感、满足感和安全感。

除了沙特阿拉伯和俄罗斯，许多非洲国家，还有朝鲜、委内瑞拉、古巴、白俄罗斯、缅甸、菲律宾、叙利亚、巴基斯坦、阿曼、科威特等国的大使也在信上签字。

我们看到，这些国家除了来自不同地区，有亚洲、非洲、欧洲，还有美洲的，还拥有不同的宗教文化，有伊斯兰教、基督教，还有佛教及其他文明。它们都是发展中国家，经济发展状况不同，37 国的总人口，差不多是那 22 国总人口的 3 倍。无论从国土面积、人口规模，还是文化多元性，它们都代表了这个世界更广阔的部分。

相应地，它们的声音也更实事求是，客观公正，不受偏见的左右。只是由于长期受到西方强势话语权的压制，他们的声音不容易得到大规模传播。

值得一提的是，这 37 个国家中有不少是伊斯兰国家。如果不是相信中国在真心实意地反恐、去极端化，如果不是清楚新疆并不存在所谓对穆斯林的“迫害”，这些伊斯兰国家绝不可能站出来明确支持中国的新疆政策。也可以看出，尽管西方舆论对新疆的报道不断编织“宗教迫害”的标签，但这些蛊惑并未在伊斯兰世界产生他们所期望的效果。

包括这些伊斯兰国家在内的很多发展中国家，对恐怖主义、极端主义和分裂主义有着切肤之痛，因此这些国家才能换位思考，理解中国新疆事务的真谛，并支持中国新疆的反恐之策。一些西方精英心术就不正，又充满道德傲慢，严重脱离他们评头品足的新疆事务的现实，表演了十分荒唐可笑的优越感。

极端主义在全世界蔓延，西方在很多时候客观上扮演了推波助澜的角色，并使中国等非西方国家深受其害。包括恐怖主义在内的极端主义是全人类的公敌，中国在新疆采取的措施，对反恐与去极端化形成颇具价值的探索努力，且被实践证明行之有效。它们非但不应受到指责，反而应该得到善意的理解和肯定。

西方国家应当认真思考，为什么这37个来自各大洲、文化背景各异的国家与它们对新疆的看法有如此大的差异。那些写联署信的22国政府总不能认为只有它们才懂得正义，如此广阔的世界一片糊涂吧？每个国家都要保护自己的人民，应对破坏和平与稳定的挑战，严厉打击它们国情下滋生出的极端主义。西方试图完全由它们定义恐怖主义的概念，在政治上影响甚至操控其他国家，注定是要四处碰钉子的。

西方不能仅仅因为它们的经济更发达就蔑视当今世界的多样性，企图强行主导、垄断人权领域的价值判断。面对37国的联署信，之前通过联署公开信攻击新疆治理的那22个国家政府应该意识到，如果要与世界的多样性对抗，它们就只是一小撮，它们应当为自己冒充全人类正义的化身而感到羞耻。

白皮书厘清新疆史实，戳穿各种谎言

2019-07-22

国务院新闻办公室 21 日发表《新疆的若干历史问题》白皮书，针对国际上关于新疆民族、宗教、文化历史的一些误读，逐一厘清，供善良的人们明辨是非，也以此让那些恶意煽动者闭上他们聒噪的嘴。

历史绝不是任人打扮的小姑娘。新疆地区从汉代开始就已正式成为中国版图的一部分，它从来就不是什么“东突厥斯坦”。维吾尔人尽管使用突厥语族语言，但也并非突厥人后裔。

新疆与内地经济联系早在商代就已存在，汉代张骞出使西域打通丝绸之路则是家喻户晓的历史佳话。清政府平定准噶尔叛乱，中国西北国界得以确定，新疆经济繁荣发展，“内地之民争趋之，村落连属，烟火相望”。至于新疆和平解放后 70 年发展的经济成果，任何人不带偏见地到新疆看一看，都会一目了然。

这些年美国和西方一些人对中国新疆治理的攻击是系统性的。他们制造了一个荒诞的逻辑：因为打击的恐怖分子是维吾尔人，就意味着迫害整个维吾尔民族；因为打击的极端分子有伊斯兰宗教信仰，就意味着压制整个伊斯兰教。他们还进一步引申宣扬：中国要消灭维吾尔文化。

尽管新疆维吾尔自治区和整个国家在反恐和去极端化斗争中尽最大努力淡化民族和宗教色彩，中国的媒体报道相关事情总是避免提及相关的民族和宗教名称，我们的坚决政策就是要把极少数恐怖分子和决心与国家法治对抗的极端分子孤立出来，团结各族群众，善待所有合法宗教的信众，在中国最基层的工作中得以贯彻，但是西方那些人却极力给中国的新疆治理贴上恶毒标签，把新疆的反恐和去极端化斗争歪曲成民族和宗教“迫害运动”。

今天发布的白皮书让人们看清了新疆作为一个多民族地区发展的丰富脉

小朋友在乌鲁木齐一家商店看展柜里的馕。（摄影：崔萌）

络，了解了坚持民族团结和宗教和谐对这一地区各族人民的福祉是多么重要，排他的极端主义是新疆各族人民共同的敌人，必须把它剥离出来，坚决铲除，这是新疆各族人民的共同利益之所在。

维吾尔族经过长期迁徙融合形成，开放、丰富、靓丽深深融入该民族文化的血脉中。极少数恐怖分子和流亡国外的极端分子在西方一些势力的支持下，试图绑架维吾尔族，让整个民族陪同他们站到极端主义的前线，充当美国和西方某些力量对华博弈的筹码，并以此实现他们小集团的疯狂目标。维吾尔族广大干部群众决不会响应这样的阴谋，全体中国人民决不会允许这样的图谋得逞。

帮着恐怖分子打维吾尔族和穆斯林旗号，壮他们的声威，以此增加在中国新疆地区反恐和去极端化的压力，美国和西方一些人以为这样就能把新疆彻底搞乱，令中国政府束手无策。然而事态的发展令他们大失所望，新疆局势正在一天天好起来，自治区的经济社会发展重回正轨，极端主义的嚣张气焰受到沉重打击，成为人人喊打的过街老鼠。

中国的新疆治理重建了和平与安宁，给各族人民带来了实实在在的福祉，因而受到真诚的欢迎。世界上的伊斯兰国家看得懂新疆的事情，因而给予了广泛的理解和支持。西方因为话语的音量高，将他们对新疆治理的反对冒充为世界的声音，其实他们在新疆问题上陷入了孤立。

美国和西方是整个伊斯兰世界不公平感的真正来源，也是伊斯兰世界内部很多纷争的挑动者和制造者，这是全球十几亿穆斯林的一项基本共识。美国的反恐战争至少有一部分宣泄了对穆斯林的敌视，美国 2017 年通过、至今仍有效力的“禁穆令”饱含了对穆斯林的歧视。除了少数精英人物得以在美国和西方主流社会的边缘帮着跑龙套，绝大部分穆斯林移民在西方社会里都受到种种歧视。这个世界上最为突出的宗教及种族矛盾无疑是在美国和西方为一边、广大伊斯兰民众为另一边之间发生的。

美国和西方一些人极力炒作新疆问题，他们的恶毒用意之一大概就是以此转移、冲淡美西方同伊斯兰世界的矛盾，用他们的假文明掩盖他们对全球穆斯林的真野蛮。然而人心不可欺，他们的图谋注定失败。

50 国支持新疆，重新定义什么是人权

2019-07-29

到 7 月 26 日联署截止，联名致函支持中国新疆治理的国家达到了 50 个。这个数字不仅比原来的 37 个增加了 13 个，更是达到了之前联名指责中国新疆治理的 22 个发达国家的两倍多。而这 50 国的人口更是达到那 22 个国家的好几倍。

50 ∶ 22，这是什么才是真正的人权，什么才是国际社会围绕这个问题大多数意见的一次权威定义。在长期以来一直回荡着西方声音的人权殿堂里，国际社会“沉默的大多数”终于集体发声了，他们用给联合国人权理事会主席和人权高专的这封公开信，让西方国家“人权裁定者”的地位轰然倒塌。

中国这些年踏踏实实地发展经济和民生，认真维护社会稳定。在新疆因复杂内外原因出现恐怖主义和极端主义肆虐的情况下，中国政府最近几年下大力气开展反恐和去极端化治理工作，以最小社会代价恢复了新疆的秩序和稳定，发展与繁荣得以在新疆重现。然而西方国家却百般攻击中国的新疆治理，形成近年来对中国最为猖狂的一轮人权攻击。

新疆治理到底对不对？为实现和平与稳定采取措施应被视为保护人权还是破坏人权？是一个国家和地区绝大多数民众的权利重要，还是为极端诉求以暴力方式对抗法治、甚至搞恐怖袭击的极少数人的所谓“权利”更加重要？两种价值观围绕新疆问题形成激烈冲突和摊牌，西方一些政客嚣张地认为，他们的态度是普世的，他们对新疆治理的攻击代表了整个世界。

50 个国家最终联署支持新疆治理，首先是因为对于中国政府在新疆反恐、去极端化的目的与决心，他们感同身受。这些发展中国家很了解发展人权最需要做什么，最清楚极端主义对国家和平发展的严重危害。他们很认同中国的人权理念，对中国能够做到高速发展经济，在新疆出了问题以后能够通过坚决措

施扭转局势，而不是让事情完全失控，他们由衷地予以肯定。

此外，很多发展中国家都在本国发展过程中受到过西方打着人权旗号的干涉和滋扰，西方这方面的打压增加了那些国家的治理难度，使一些问题进一步复杂化。他们痛苦于西方的人权口号在他们的国家不服水土，西方的人权干预还总是裹挟着推动西方利益的政治目的。天下苦西方的人权干预久矣，早就酝酿着一次爆发。

在美国对中国开展全面战略打压的时候，在西方势力围绕新疆问题制造了大量谎言、极力构建所谓“新疆反人权”舆论铁幕的时候，50个国家站了出来，其中有的会因此面对来自西方大国的压力。这反映的是正义终究不可欺，这个世界的确到了对人权的谎言开展清算的时候。

人权的圣坛不等于西方软权力的宝座，他们或者自己知趣地走下去，或者觉醒的国际社会把他们轰下去。50国联署信是广大国际社会针对西方在人权领域的少数统治的否定。

沙特阿拉伯、伊朗等很多伊斯兰国家都站到了支持新疆治理的一边，沉重打击了西方势力对新疆所谓“打压、迫害伊斯兰教”的污蔑。新疆打击的恐怖主义和极端主义是广大伊斯兰国家同样不能容忍的。西方政客们想用伊斯兰教这个元素来煽动伊斯兰国家对新疆治理的反对，然而那些国家心里都有一杆秤。他们最清楚西方才是对伊斯兰教歧视、打压的真正渊薮。

我们希望，50国联署的公开信是国际社会重新定义人权领域诸多重大事项的转折点，是广大发展中国家夺回人权问题话语权的有决定意义的里程碑。这个世界不能再被西方一些势力编造的谎言笼罩了，人权的真相需要如实展开，而不能任由西方篡改、主导。根据自己的国情，每个国家都可堂堂正正地制定包括人权计划的综合经济社会发展路线图，想继续假借“人权”维系西方中心主义和集体霸权主义的那些力量注定将越来越多地四处碰壁。

美国的涉疆表演越来越露馅穿帮

2019-10-10

美国国务卿蓬佩奥 8 日宣布，美国将对所谓在中国新疆“压制穆斯林少数民族”的中国政府官员实施签证限制，并且可能包括他们的家属。此前一天美国商务部同样以涉疆为借口，将中国的 28 家机构和企业列入出口管制的实体清单。

蓬佩奥给美国的上述野蛮行为编织了漂亮的说辞，好像美国在为了中国新疆穆斯林的人权而不遗余力。这堪称是当今世界最无耻的表演，因为谁都知道，美国的整体国家政策一直视穆斯林为异类，这届政府一上台就发布了臭名昭著的“禁穆令”。美国政府极力推动修建的边境墙折射了该国对少数族裔的真实

克孜尔石窟前的鸠摩罗什铜像（摄影：刘欣）

克孜尔石窟壁画（摄影：刘欣）

态度，他们怎么可能真有兴趣系统性关心远在中国新疆的穆斯林的权利？

美国政府在新疆问题上逐渐提升调门，是与新疆局势加快好转、繁荣与发展强劲再现反着来的，与美国对华加强施压的国家战略则是高度一致的。这充分说明美国新的出口管制黑名单和签证限制都非人权之举，而是赤裸裸的地缘政治行动。

通过强有力的临时治理措施，新疆形势出现有目共睹的积极变化，那里各族群众的人权重新建立在了和平稳定的坚实基础上。经历了严重恐怖主义和极端主义的冲击，并且实现了对动荡局势的革命性扭转，新疆避免了全局性流血冲突，成功绕开了成为第二个车臣的厄运，保护了无数生命，并将安宁的生活重新还给了全疆各族人民。历史必将给今天的新疆治理记一大功。

新疆是当地各族人民和全体中国人民的新疆，包括新疆人民在内的 14 亿中国人民的利益是评判新疆是非的最权威的出发点。美国的视角太扭曲和意识形态化了，蓬佩奥等华盛顿精英却要将之冒充为新疆问题的中心视角。他们用美国的利益对新疆事务进行价值判断，想看到一个混乱、与中央政权作对的力量肆虐横行的新疆，中国人民不会允许。

最无耻的是，为了破坏新疆稳定，蓬佩奥这样的美国政客不惜将恐怖主义和极端主义也划入可以利用的政治资源。他们极力否定新疆打击恐怖主义和极端主义的治理目标，给新疆治理恶意贴上“压制穆斯林权利”的标签。他们与美国和西方舆论精英一起推动了一场针对新疆的颠倒黑白的舆论战。

西方人大多没去过新疆，很容易受舆论误导，形成对新疆治理的偏见。加上美国和西方舆论机器强大，构建起一个封闭的舆论场，让一些人误以为它就是国际社会的主流认知。其实世界早就变了，在美国和西方之外有一个庞大的新兴世界，它比西方大得多，有着丰富急迫的发展使命，那里的善治得到了普遍的支持。

美国的荒唐在于，它实际在要求全世界的发展中社会都“利比里亚化”。那个由从美国返回到非洲大陆的非洲裔人创立的国家完全施行美国宪法，却被广泛认为“水土不服”。美国要在世界各地推行西方那一套，其中的谋算之一大概就是很多发展中国家玩不转西方政治，只能在混乱中做以美国为中心的永恒的世界边缘。

今天的新疆焕然一新，包括旅游业在内的经济社会发展再呈井喷之势。所有人都不难搞懂一个最基本的道理：从一个动荡社会转变成和平繁荣的社会，意味着多么大的人权福利进步。只有恶意与偏见才能让人对如此强大的事实视而不见。

美国对涉疆实体和人员所采取的所谓制裁不会起什么作用，除了因为美国的巴掌没那么大，捂不住整个世界，还因为这些行径恰恰是逆道义、反人权的。准确说，美方的这种表演更多属于自娱自乐。

西媒报道新疆不缺信息，缺的是良知

2019-11-18

《纽约时报》宣称他们搞到了400多页来自新疆的机密文件，并且披露了它们，配之以对中国新疆治理恶毒攻击的解读。西方舆论用他们的价值坐标对新疆各地开办的教育培训中心横加指责，一些政治和舆论精英很希望看到新疆被各种极端暴力和混乱吞没，对新疆局势出现根本性好转则耿耿于怀。

不能不说，围绕新疆的争论不仅是两个价值体系，也是两个利益体系的碰撞。包括新疆各族人民在内的全体中国人民要的是那里的和平安宁与繁荣进步，能够帮助实现这一目标的手段首先与道义的大方向就是契合的。举办教育培训中心不仅实现了上述目标，而且做到了社会代价的最小化。

克孜尔石窟航拍视角（摄影：杨若愚）

人们有目共睹的是，自教培中心开办以来，新疆的暴恐活动逐渐绝迹，不仅平民百姓没有再遭到暴徒的杀戮，已经犯下某些罪行和潜在的暴恐分子也都得以保住了生命。他们中的很多人通过在教培中心去极端化而重回正常的生活。

克孜尔石窟壁画（摄影：刘欣）

西方的价值体系与新疆的现实出现一些隔阂，这可以理解。但最糟糕的是上面所说的，一些西方精英对新疆局势怀有不同程度的恶意。请他们拍着良心说，他们真的在意过那里的无辜生命被暴恐分子杀戮吗？他们是不是对新疆社会被暴恐事件反复冲击，尤其是那些事件拖累了中国感到很兴奋？还请他们扪心自问：他们是不是更希望看到新疆继续乱下去，而不是愿意看到那里重归和平与繁荣？

新疆最近几年发生了天翻地覆的变化，和平回来了，经济发展和繁荣的旅游业也回来了。长期提心吊胆生活、晚上不敢出门的新疆各地居民如今再也不用担心突然会遭遇血腥的暴恐袭击了。他们可以去夜市消费，可以去跳广场舞，这样的改变对新疆普通老百姓来说多么重要。

试问这个世界上会有多少人反对在自己的城市出现这种变化，而宁肯生活在被极端主义笼罩、暴恐分子猖獗横行的所谓“民主与自由”中呢？

南疆曾经的敏感地区与巴基斯坦和阿富汗接壤，真是要感谢新疆治理采取了一些果断措施，使得新疆彻底远离了类似那些周边国家的混乱。而且，新疆也没有成为第二个车臣。

实践是检验真理的唯一标准，新疆越变越好的事实比所有说教都更加强大。西方舆论的口诛笔伐之所以压不垮新疆的治理，根本原因是今天的新疆治理是对的，是给那里的人民带来了实实在在好处的。西方假借正义之名，抨击对扭转新疆局势作出重大贡献的教培中心，只能证明他们拒绝对照现实自我修正的教条主义以及出于各种目的的虚伪。

世界上 50 多个国家表达对新疆治理的支持，从另一个角度证明西方对新疆治理的攻击是多么狭隘、自以为是。

新疆就应该按照当前成功的治理模式坚定走下去，进一步稳定局势，不断释放那里社会中的正能量，推动全疆不断走向和平稳定的巩固和经济繁荣的喷发。历史将对今天的新疆治理作出评价，而且我们相信这一评价的标准绝不会是西方舆论的好恶，而只会是新疆各族人民从中收获了什么，他们的人生是不是因此变得更加精彩、幸福。

西媒不断炒作“新疆文件”意欲何为?

2019-11-27

BBC 等多家西方媒体近日再次搞他们宣称是“新疆文件”的曝光，对新疆教育培训中心的管理进行恶毒攻击。新疆教培中心成为一段时间以来西方舆论攻击中国人权的主要着力点，估计未来一段时间西方舆论机构还会搞新的所谓“文件披露”，以此维持新疆问题的热度。

在人权问题上围攻中国，这是美国和西方舆论机构最拿手的角度。这不是因为他们有理，而是中西围绕人权问题有着各自的语境，他们可以拿着在中国人听来很荒唐的言辞去西方舆论场煽情。他们根本不在乎这样做是否真的对中国发展人权有利，他们要的就是用对中国，尤其是对新疆教培中心的歪曲描述激怒西方公众，从而进一步挖深西方舆论场与中国之间的鸿沟。

糟糕的是，过去美国政府比较看重同中国开展各项合作，现在华盛顿站到了抹黑中国人权的举旗位置，这带动了西方热衷于围攻中国人权的一批“牛鬼蛇神”，这场围攻变得越来越热闹了。

那些攻击中国人权的西方精英们从来不敢正面回答一些常识性问题，比如，中国的政治体制促进了经济的极大发展，中国的民生越来越好了，大城市的生活面貌高度现代化了，你们觉得这不是人权吗？他们就是死盯住几个异见人士，说中国侵犯人权的车轱辘话。

在新疆问题上，他们也无法正面回答一个问题：过去新疆暴恐袭击频繁，局势到了失控边缘，老百姓基本的和平日子都没了，你想生活在那样的环境中吗？你是否觉得和平与安全是人权的先决条件呢？你觉得新疆经历一场车臣战争好，还是办教培中心以和平的方式恢复稳定局面好呢？每每遇到这样的问题，他们就会闪烁其词地躲开。

在新疆的问题上，中国和美西方的舆论很难争辩，因为首先谈论这个话题的出发点就不一致。中国要的是新疆2000多万各族民众的真实人权，要给他们一份和平安宁的日子。美西方谈这个话题很大程度上就是装，跟世界装，跟他们自己的那份傲慢装。虽然民间也有人是在西方价值体系内对中国出现并非恶意的误解，但新疆的事炒成这样的热度，它的燃料只能是由国家力量装填的地缘政治。

我们就生活在这样一个复杂的世界中，我们认为中国人没必要因为给那些西方精英讲不通而懊恼。重要的是，他们拿新疆问题发难起不了什么实际作用，这些攻击是很热闹但又很虚无的一堆泡沫。

第一，他们影响不了新疆的治理。新疆已经连续3年没有发生暴恐袭击了，经济社会发展在迅速恢复，旅游井喷式走热就是明证。美西方从外面一波又一波发动舆论攻击，但就是无法把他们的实际影响推送到新疆社会去。他们快被急死了，但只能望疆兴叹。

第二，使出了这么大力气，美西方至今只能让他们搞的那一套在西方的圈子里兜来转去。全世界大多数国家都不跟着他们跑，连很多伊斯兰国家也公开支持中国，支持新疆治理。西方舆论机构与情报机构串谋搞出更歇斯底里的攻击，原因大概是他们不甘心，他们的这场舆论战太失败了。

美西方因为舆论强，经常拿他们自己的声音冒充国际社会的态度。其实不就是几家西方大媒体互相一转，几个激进政客和几个受情报机构操纵的非政府组织作一作秀的事吗？他们的道德之低下、做事之自私经过几番交道已经被看得清清楚楚。

新疆走在摆脱恐怖主义和极端主义困扰，因此充满和平与建设的阳光大道上。谁也无法为新疆各族人民代言，他们的人权就是像中国其他地方的人民一样享受美好生活的权利，而不用担惊受怕。他们自己对自己的未来说了算。

用新疆的和平与繁荣气死美国议员们

2019-12-05

美国众议院北京时间星期三早上通过所谓“2019年维吾尔人权政策法案”，该法案要求美国总统公开谴责中国的新疆政策，援引《全球马格尼茨基人权问责法案》对新疆官员进行制裁，限制对新疆的技术出口等等，狂妄地试图对新疆做长臂管辖。

我们首先要说，这是一个外强中干的干涉法案，里面没有一项能够实际影响新疆治理的特效杠杆。美国国会正在变成一个生产廉价涉华法案的机器，搞出一些能让他们自嗨的仪式感。

新疆当下的治理非常有效，极大地抑制了恐怖主义，对去除极端主义也取得十分深入的进展。新疆在一天天好起来，和平与繁荣正在广袤的新疆大地重现。就是要让这样的好景象持续下去，气死那些美国国会里的反华政客，他们需要知道自己实际上多么无力。没错，他们遭到了中国人民像对小丑一样的蔑视。

美国国会其实在中国问题上正在变成一个意识形态机构，成为抹黑中国的秀场。这是一种堕落，美国的议员们正在中国问题上与一些为提高收视率而绞尽脑汁的评论员抢饭碗。

美国的政治精英们越来越陶醉于对华开展舆论战的快感，因为这是他们最擅长的事情，成本又很低，很利于释放他们的反华情绪，营造一种“成就感”。

中国要准备好长期与美周旋。面对美国舆论机器在反华方向的全速运转，我们要摸准它们可能造成实际危害的抓手，蔑视它们的泡沫部分。我们既要认真加以应对，也不能过于投入，防止被对方牵制主要精力，尤其要防止这种应对导致我方斗争思维出现扩大化，要强调稳健是金。

我们要很清楚，击破美国和西方一些势力对新疆事务的抹黑，最根本的办法还是把新疆治理切实搞好，让当前稳定与发展的态势长期延续下去，各族人民群众的权益得到越来越充分的保障。事实胜于雄辩，新疆确实越来越好，各种抹黑就将失去基础。

美国国会搞这些法案可能对其他西方国家产生某种示范效应，并对一些非西方国家造成压力。这种动向是中国需要密切关注的。到目前为止，公开支持美国对新疆态度的只有西方国家，而在一项支持新疆治理的公开信上签字的国家要多得多。

中国需要在两个方向上进一步发力，反制美方对新疆事务进行干预的变本加厉。一是围绕新疆事务以各种方式开展与外部世界的沟通，让越来越多的人了解新疆去极端化工作的合理和必要性。二是一定要对美国的做法开展反击，这即使改变不了美方的做法，也可以对其他西方国家形成警告，使后者提前就能预期：效仿美国在涉疆问题上的做法是要付出代价的。

为打压中国，美国好用的牌已经打得差不多了，中国只要实事求是地看待它们的影响，恰当地予以反击，应对它们并非什么难事。中国最要紧的还是不让这些事情对我们形成战略性干扰，确保中国的发展能够继续强劲进行下去。再经过一二十年，只要中国经济总量做到与美旗鼓相当，美国对华的各种制裁就将逐渐熄火。中美博弈不是什么道理之争，而只能用实力来说话。

两千多年以前中国就有了卧薪尝胆的故事。发展吧，中国。这应是我们对付美国所有挑衅的终极回答。

西媒“无视”新疆纪录片，说明了什么

2019-12-09

5日晚，《中国新疆，反恐前沿》英文纪录片在CGTN播出，罕见地大尺度、全方位对外展示暴力恐怖主义和宗教极端主义给新疆带来的伤痛。我们注意到，这部纪录片在海外社交平台上引起广泛关注，有外国网友留言说，这才是真相！造谣炒作新疆问题的西方媒体应该好好看看这部纪录片。

但我们也看到一个怪现象：与外国网友热烈讨论形成强烈反差的是，至今鲜有西方媒体报道这部纪录片，一贯紧盯新疆问题的西方媒体和政客对此选择了集体噤声。还有什么比这更能说明西方媒体及政客在新疆报道上的虚伪和双标吗？

一段时间以来，西方媒体和政客表现得格外“关心”新疆，他们按照自己的想象描绘出一个完全不符合实际情况的新疆形象，并以此来抹黑中国，炮制出针对中国的一轮来势汹汹的负面舆情。

不难想见，正因为《中国新疆，反恐前沿》这部纪录片讲述了一个和他们的想象不同的新疆，且内容都是无可辩驳的事实素材，才被西方主流舆论“自动屏蔽”。他们没有面对事实的勇气和意愿，更不愿意承认自己过去在新疆问题上撒了谎。也可能是他们根本就没想到，一贯在新疆问题上“多做少说”保持低调的中国，会拍这样的英文纪录片，所以一下子有点懵，不知该作何反应，索性视若无睹。

有一点是确定无疑的了。在对新疆的报道上，西方媒体没有实事求是的态度，都是在作选择性报道。其选择的标准也是意识形态性质的、主观的、片面的，至于是不是客观事实已无关紧要。不得不说，这样的操作是对媒体职业精神的严重羞辱，让这些西方媒体沦为针对中国的“政治打手”。

很多人注意到，《中国新疆，反恐前沿》纪录片罕见公开了2009年乌鲁木齐“7·5”事件、2013年北京“10·28”暴恐案及2014年昆明“3·01”暴恐案等的部分原始视频。据不完全统计，自1990年至2016年底，在新疆地区发生了数千起暴力恐怖案（事）件，造成大量无辜群众被害，数百名公安民警殉职。仅“7·5”事件，就造成197人死亡。纪录片的解说词特别提到，毛骨悚然的画面和骇人听闻的暴行揭示中国西部边陲安全局势之严峻。

这些指手画脚的西方人自己不生活在新疆，新疆反恐形势再严峻，对他们来说也不过是轻松的谈资，但对2500万新疆人来说，则意味着生命与财产面临可怕的威胁。新疆人民必须要击败暴恐分子，瓦解极端化力量。在经历了血腥惨案之后，新疆采取了强有力的反恐措施，卓有成效。新疆已经连续3年没有发生暴恐事件，这是新疆在全球反恐及去极端化战场打出的大胜仗。

新疆的反恐措施是得当的。但西方主流媒体非但不认可新疆的反恐成绩，反而拿他们的所谓人权标准对新疆吹毛求疵，现在就连事实都罔顾了。他们在客观上已经成为暴恐分子、极端分子的帮凶。

事实多次教育我们，不要把报道真相的希望寄托在带着偏见的西方媒体身上。中国的故事还得靠中国人自己讲。仅在新疆的反恐战场上，就有多少震撼人心可歌可泣的人和事。《中国新疆，反恐前沿》是一个开始，将来还应该多拍一些这样的纪录片。因为新疆的真相既是无可辩驳的，最终也是西方人无法回避的。

“爆料新疆文件”的她，该防谁的加害

2019-12-10

据西方媒体报道，一名现为荷兰公民的名叫阿西耶·阿卜杜拉赫卜的维吾尔族女性帮助披露了所谓“中国政府有关新疆政策的部分秘密文件”。该女士声称自己和前夫因此收到死亡威胁，她希望用公开身份的方式帮助自己和家人免于被报复。

这个故事在西方的语境下听起来那样逼真，非常符合西方舆论场对“专制中国”的想象。但这个故事经不起质问和推敲。

首先，这名女士声称，她在自己的脸书账号里收到过死亡威胁。不知道她说的这个细节是真是假，但即使是真的，在开放的互联网上如何能断定它来自中国相关机构并且是严肃认真的？互联网上有各种各样的人和力量，他们出于各种目的都可能发一条那样的信息。

据报道，这名女士早在今年6月就主动通过社交媒体上传了她所获取的“秘密文件”的其中一页，目的显然是引起关注。此人的做事方式表明她是个“不怕惹事”的人，她从一开始就没想要做一名“匿名爆料者”，却又被其前夫被请到迪拜“约谈”（她对媒体这样说的）和网上的一条死亡威胁吓坏了，这样的前后表现是矛盾的。

阿卜杜拉赫卜女士的头像如今已在西方媒体上传得到处都是了，这一切都是她与西方舆论场互动的结果，而且这个结果看来是西方媒体和她本人都希望出现的。

作为一家中国媒体，我们无从知道这名女士所描述的故事和所爆料的文件有多少是真实的。报道称她早在2009年就移民荷兰了，之前曾在新疆的政府机关里工作。从她的故事里，我们唯一能得出的结论是：这个女人挺不简单的，很知道西方媒体想要什么，而且有胆量和办法提供对方需要的故事。

至于她提到的死亡威胁，我们想对她也对西方公众说，无论她做了什么，中国政府之前从未有过在海外危害异见人士人身安全的纪录，那根本就被排除在了中国相关机构的工作手段之外。

20 世纪 80 年代末之后，有一大批异见人士流亡到西方国家，他们当中不少人继续在海外从事危害中国国家利益的行为，但他们没有一人的生命安全受到来自中国大陆的威胁。

阿卜杜拉赫卜女士如果担心自己的安全，我们倒是劝她更要防范美国情报机构和极端“疆独”组织利用她制造极端事件，以此嫁祸中国政府。因为从历史上看，美国情报机构是什么事情都干得出来的，至于极端“疆独”组织，更不能指望他们有什么底线。

这名女士通过公开自己的身份，在西方引起更大关注，这实际上是西方那些势力在进一步开发她抹黑中国政府的价值。当然了，对于这种被利用，该女士有可能有很高积极性，这是双方一拍即合的事情。

问题在于，这名女士认为自己的身份越公开，她就越安全，这个逻辑是有严重漏洞的，而且有可能对她是危险的。因为她在西方越出名，越是形成中国政府想危害她人身安全的舆论想象，对于希望通过制造她遭到人身攻击来嫁祸中国政府的那些黑暗力量，就越有诱惑力。

不管这名女士做了什么，我们在此都希望她在荷兰是平安的。她对中国国家利益的危害已经铸成，她的安全出问题与消除这种危害毫无关系，因而在中国国内不会存在推动让她个人出事的理性动机。但对于美国情报机构和“疆独”势力来说，情况就不一样了。甚至西方媒体中也会有巴不得她出事的人。请这名女士认真防范那些真正的风险吧。

坦荡新疆不惧误读，更不怕损招恶招

2019-12-23

在德国籍土耳其裔球星厄齐尔通过推特指责中国新疆的治理后，一些其他体育和文艺名人也效仿其做法，通过社交媒体向中国新疆施压。

另外一些人通过社交媒体发“寻人帖”，以此质疑新疆方面关于教培中心学员已经“全部结业”的说法。那些“寻人帖”大部分属于以假乱真的低成本垃圾信息。

这两拨事显然都受到了策划，都有一些反华力量在加以推动。前一拨事动员了一些文体名人，他们虽然大多信仰伊斯兰教，但其中有的人生活在西方，受西方舆论的影响很大。而且通过西方社交媒体来发这种政治帖子，这种发声渠道就值得玩味。严格说来，这些帖子更多是西方舆论的回响，它们传递的并非伊斯兰世界的态度。

中国外交部发言人就厄齐尔推特风波表态时说，欢迎他来中国新疆看看。官方这样的大度回应值得称道。西方舆论一边倒地抹黑新疆治理，将之标签化，而那些在西方社交网站上跟风的少数大V根本就没去过新疆，难免顺着西方媒体的描述想当然。应当鼓励他们来新疆实地考察，看看新疆是不是真的“清真寺被毁了”“穆斯林妇女被迫嫁给了汉人”。

眼见为实，这是几乎全世界所有语言中家喻户晓的告诫。厄齐尔等人应当积极对自己发表的涉疆言论负责，来新疆看看，如今那里穆斯林社区的网络是否通畅，与世界其他正在或者不久前被动荡所困的少数民族地区比起来，新疆穆斯林享受到更好的待遇，还是相反。

那些“寻人帖”，总体上是一波有组织或者彼此呼应的恶搞。首先据新疆有关部门介绍，那些“寻人帖”一半以上信息模糊，不知道指的是谁，无法在新疆查找。能对得上的人有一些的确是已经结业的学员，还有一些不是学员，是犯有罪行已被判刑的罪犯，而且其中有相当一部分在之前的境外“寻人运动”中就已被寻过一次甚至数次，新疆方面早就公布了他们的犯罪情况，这一次又被重复炒了一遍。

众所周知，社交媒体常常不是“讲理”的地方，那里更适合喊口号、出难题、搞舆论示威。那些“寻人帖”的策划者迎合西方舆论场的想象，编出一堆新疆“至今的失踪者”，制造出新一波抹黑新疆的舆论消费。真实情况是什么，对他们来说根本就不重要。

过去新疆发生了那么多暴恐事件，当然有一批犯罪分子需要被绳之以法。对他们的刑事追究与以去极端化为使命的教培中心的工作有着清晰界限。境外的一些黑暗势力故意把它们混为一谈，以一种移花接木的个案质问来制造质疑一场合理运动的特效。

了解互联网的人对这些并不陌生，它们与追求正义风马牛不相及，而是肮脏的舆论战。

新疆的事情最终不是一场价值观的辩论赛，而是一场重建和平与繁荣的运动，是对无数人生命及生活的捍卫、挽救运动。口号中的人权代替不了2000多万新疆各族人民现实人生中每天都不能缺少的权利。各种误解终将融化，谎言将被戳破或被事实覆盖，而那些想得挺美但只能是瞎折腾的阴谋都将成为过眼云烟。

抹黑新疆小学校，西媒还要多无耻

2019-12-30

纽约时报28日发了一篇长文，题目是“中国镇压穆斯林，孩子也未能幸免”，宣称在新疆有50万名儿童被当局送入寄宿学校，目的是从根本上消除人们对伊斯兰教的感情，培养他们对党和国家的忠诚。文章称那些孩子们要一周或两周才能回家一次，并且被迫学习汉语。

这是一篇出于偏见充满恶意解读的文章，是西方主流媒体对着公众撒谎的典型例子。

众所周知，中国偏远地区的扶贫工作都包括教育扶贫项目。20世纪90年代中国有一轮希望小学建设，那些学校的规模一般比较小，教师配备也较简单，因此多数那样的学校不具有竞争力。后来一些贫穷地区开始合并偏远地区的基层小学，出现了一些中心小学，它们很多是寄宿制的，学生不必每天回家。新疆一些贫穷地区也出现了这样的安排。

必须指出，绝大多数贫穷地区的家庭欢迎这样的中心小学，这是国家的一项重要教育投入，充满了扶贫和对下一代负责的善意。新疆如果能有更多贫困地区的孩子上这样的学校，是天大的好事。

据我们了解，对于孩子们在掌握本民族语言的同时学习国家通用语言，新疆各族群众都是支持的。这当中完全不存在反对的现实理由。每个民族的普通家庭都生活在中国，孩子们不懂国家通用语言，未来如何能有前途？这个道理维吾尔族的普通家庭也非常清楚，除非有人恶意误导他们，没有人会认为这是对他们民族文化的破坏。

莫非纽约时报所代表的西方精英们希望维吾尔人世世代代只懂维吾尔语，永远生活在与国家通用语言支持的庞大世界的隔绝中吗？中国内地的普通小学还开设英语课呢，中国的孩子们几乎都在学习英语，为的是看到更大的世界。

维吾尔族的孩子们学习国家通用语言，何错之有？

让少数民族的孩子们建立起国家认同，这又有什么不正常的地方呢？美国的小孩子们难道就不该有他们是美国人的认同吗？爱党爱国教育在中国的所有小学里都有，为什么在新疆的学校里开展这样的教育就不可以呢？

现在一些西方媒体围绕涉疆问题完全是在颠倒黑白，蔑视这个世界的常理。值得注意的是，他们现在拿新疆小学校的教育开刀，有可能是试图开辟抹黑新疆的一个新方向。

他们所构建的逻辑非常恶毒，其核心是新疆维吾尔社区应当与中国国家主要政治、法律和文化要素都高度隔绝的荒唐假设。在他们的宣扬中，维吾尔社区不能在维护本民族文化传统的同时与国家的现代化进程一体化，前者就应该拒绝融入，并且成为国家的挑战。

他们要牺牲新疆少数民族，让后者永远落后，滋生出恐怖主义和极端主义的各种破坏性。他们如此不遗余力地大肆宣传，目的在于影响世界上的伊斯兰国家和社会，形成对中国的舆论包围。

我们想说的是，现代美国是真的灭绝了美洲大陆的土著文化的，一些美国精英在以自己国家的历史罪恶描绘今天的中国。然而无论伊斯兰文化还是维吾尔文化都将在中国得到长期的健康发展。中国保护少数民族文化的善意和决心应当让毁灭美洲土著文化的西方民族汗颜。

第五章
新疆关键词：繁荣、稳定、自信

最近十年新疆局势没有走向全面失控，而是在严重曲折之后实现了根本性好转，这是中国体制性力量和国家实力共同发挥作用的结果。中国在中国共产党的领导下什么样的任务都能完成，包括从新疆铲除“三股势力”的影响。新疆治理最终给中国形象加上的一定是正分，它反映的是这个国家根治复杂问题的特殊能力。

中国全社会应当感谢新疆广大干部群众这些年的辛勤付出和牺牲，世界应当对新疆以最小社会代价实现了全疆局势的根本性好转报以敬意和理解。新疆没有成为中亚严重的溃疡口，而是为整个地区繁荣不断作出贡献。那些长期指责新疆治理的西方势力，他们该把自己的良心掏出来放到阳光下好好晒一晒了。

新疆治理的目标和实践都是正义的

2018-10-18

新疆一些县级以上政府开办职业技能教育培训中心，对被极端化思想严重洗脑及犯有轻罪的人进行思想转化工作，帮他们学习国家通用语言、法律和工作技能，为他们重返正常的社会生活赋能，这对稳定新疆形势起了关键作用。自治区人大常委会日前公布的《去极端化条例》为这一做法提供了更加清晰的法律依据。

西方舆论对新疆治理开展了猛烈攻击，那么新疆维吾尔自治区政府和西方那些力量究竟谁站在了道义的一边呢？

自治区政府的目标非常明确，那就是稳定新疆局势，彻底结束那里暴恐事件频发、各族人民群众生活在不安和恐惧中的状态，恢复新疆的和平与安宁。在 2009 年“7・5 事件”之后，新疆为实现这一目标采取了诸多努力，但 2013 年发生鄯善恐怖袭击后，新疆局势进一步恶化，有时一起恐怖活动就有数十名甚至上百名极端分子参与，气焰嚣张，暴恐活动面临失控风险，并且有向内地蔓延之势。

开办职业技能教育培训中心以来，新疆局势发生重大转折。客观说，这是在新疆现实局势中以问题为导向的实践措施，问题有多紧迫，这一实践就多紧迫。它不是为了某种理念而设计的，追求的不是无可挑剔和掌声，它是紧急行动，要制止很多迫在眉睫的新的杀戮，安抚受到暴恐活动惊吓的人心，这些都是人权的核心内涵。

接下来我们想问的是，攻击新疆治理的那些西方人，他们想在新疆要什么？迄今他们的表达多是口号式的，很笼统。如果说得具体些，他们似乎想要那些受极端主义思想洗脑的、并已经开始从事危害新疆和平秩序的人不被打扰，他们的危险言行都受到包容。

极端主义思想曾经在新疆被肆意传播，激进分子曾经我行我素，结果就是新疆的暴恐活动越来越多，逐渐走向失控。平民在广场、市场被暴徒驾车碾轧，被自制炸弹炸死炸伤，2000多万新疆各族人民在失去安宁生活。内地人不敢去新疆旅游了，新疆年轻人纷纷离开那块土地。人权在新疆的基础条件被一一折断，这些都是那些西方人想在新疆要的吗？

我们相信，大多数西方人并不希望新疆动荡，他们只是不了解新疆的实际情况，受了意识形态狂热的舆论精英的误导，理想主义地认为新疆应该像他们熟悉的西方治理那样处理问题。那些善良的西方人也不清楚西方治理方式的强行推广与一些第三世界国家的剧烈动荡是什么样的关系。

但是确有一部分西方政治和舆论精英，他们不仅傲慢、蛮横，而且怀有对中国和新疆的恶意。他们就是要新疆乱，让中国的治理模式在新疆失效、崩溃，让新疆成为中国崛起的一块严重溃疡处。他们根本就没有想过一个理想的新疆该是什么样，以及那是否现实，他们只是对中国指手画脚地说，这不行，那不行。

因为他们根本用不着对新疆各族人民的福祉负责，他们唯一感兴趣的是对新疆治理搅局，争取做到让中国政府不知所措。他们自始至终在哗众取宠。

道义在支持中国新疆治理的目标，因为这个目标就是新疆人民的真实福祉。在西方主导的语境中，这个目标或许会一时受点委屈，但新疆各族人民和平安宁生活权利的逐渐落实是对它作历史定性最终且唯一的标准。

中方了解自己国情与西方社会的差异，也了解双方价值系统的错落。我们尽量多作些努力来实现中西围绕敏感争议的沟通，但我们该怎么做，必须首先以中国人民的利益为导向。我们很清楚，新疆治理的目标和实践都是正义的，我们的信念不会因外来的误读和指责而动摇。

新疆实现稳定，比取悦西方重要多了

2018-11-16

路透社 15 日报道称，加拿大、欧盟及欧洲国家、澳大利亚共 15 国驻华大使联名起草了一封信函，要求就新疆职业技能教育培训机构（他们称之为“再教育营”）的事情会见新疆维吾尔自治区负责人。中国外交部发言人华春莹当天在记者会上回应说，那些大使这么做超出了《维也纳外交关系公约》的授权。

美国驻华大使没有参与上述信函的起草，不过美国众参两院近日分别有议员提交了干涉新疆事务的法案。西方国家试图插手新疆事务的行动正在逐渐加码，一些西方政客及媒体机构表现出向中国施加更大压力的强烈意愿。

然而我们想告诉那些来自西方的力量，他们在这样做时，一定要搞清楚自己的行为与国际社会态度、与新疆以及全中国人民愿望，还有与他们能力之间的关系。换句话说，他们要了解自己在道义中所处的真实位置。

首先，部分西方国家的声音集中到了一起，但它们实际是这个世界上的少数派。围绕新疆的事情，中国长期与广大伊斯兰国家和整个发展中世界有着良好的沟通，跑到前面闹的永远是少数西方国家。无论从国家数量，还是从人口总数来说，这个群体如果想代表世界，都完全不够格。准确说，它们只是这个世界上的一种声音。

说实话，善良的中国人不愿意与西方因人权问题冲突。如果能兼顾那些西方人的感受，同时对中国无害的话，中方是愿意与他们的主张相向而行的。但新疆的事情触及包括当地各族人民和全中国人民利益的底线。

请那些西方人想一想，对新疆及全中国人民来说，是恢复新疆社会的稳定、避免暴力大规模蔓延导致人道主义灾难重要，还是我们不顾现实地接受西方原则的指导，以此换取中西就人权出现的争议平息下来重要呢？如果换他们来为新疆社会的福祉承担责任，他们还会相信自己的那些空谈吗？无数人的生命安全及和平生活是否应当高于一切呢？

办教培机构对在新疆社会去极端化产生了立竿见影的效果，为新疆各地重现和平与安宁发挥了关键作用。新疆各族人民的人权重新有了坚实的基础，新疆为什么要在这个时候听来自西方与当地现实南辕北辙的指手画脚呢？

《环球时报》编辑部呼吁，欧洲国家在下一次中东难民涌向它们的边界时取消障碍，防止再出现难民为了偷渡而惨死海上的悲剧。我们还呼吁美国立即通过严厉限制民间持有枪支的法律，坚决终止平民不断遭杀戮的状态。此刻，数千"大篷车难民"抵达美墨边境，我们呼吁美国政府不要用军警去对付这些可怜的人。请问欧洲和美国会不顾它们的现实，接受本报编辑部充满道义的呼声吗？

前些年新疆出了那么多暴力恐怖主义事件，自治区局势能够在各族干部群众的共同努力下实现根本性扭转，实属万幸。西方一些人不帮忙、不祝福也就罢了，他们站在新疆广大人民群众根本利益的对立面，实在令人气愤。

他们应当面对在新疆历次暴恐事件中被无辜杀戮的平民的冤魂而感到羞愧，他们还应面对因局势好转长舒一口气、渴望眼前和平生活能够长期延续的2000多万新疆各族人民而感到羞愧。

最后我们想说，无论西方施加多大压力，新疆会坚持走自己的路。这样的大是大非绝不会因为外界的态度而颠倒、弯曲。对当下新疆治理的评价，历史只会给出这样的评判标准：付出的生命代价是否大幅减少了，和平与稳定是否最终确立了，新疆的综合发展是否实现了，民族区域自治的原则是否坚持了，等等。在这当中，西方人高兴不高兴显然不会得到一个位置。

新疆治理下一个焦点：让稳定长期化

2019-05-06

美国助理国防部长薛瑞福日前将新疆一些地方的教育培训中心妄称为“集中营”，并宣称有100万以上、似乎接近300万维吾尔人被关进那些“集中营”。这是迄今美国官员对新疆治理所作攻击最丧心病狂的一次。

华盛顿对中国新疆事务的抹黑正不断升级，这显然是美国全面打压中国政策的一部分。美方今后在这个方向的发力会大概率地继续增加。

不过美国对新疆事务的干涉只能在外围搞一些动作，而且它最擅长的就是搞舆论发难。它没有搅动新疆局势的内在抓手。即使在国际上，它想要开辟一条专门针对新疆的外交战线也有很大难度。它如果真试图那样干，需要投入巨大精力，而且会事倍功半。

这决定了美国打新疆牌注定只能是其对华遏制攻势的助攻方向，新疆问题成不了它压制中国崛起的主战场。新疆问题今后也在国际上形不成台湾问题、南海问题的潜在爆炸性。

所以我们完全不必被美国一些官员咋咋呼呼的表态所牵制，中国有在新疆问题上按照既定方针从容推进工作的资本。

把新疆的治理切实搞好，应是新疆事务长期的第一考量。关注国际舆论的反应，尽量增加西方世界的理解，也是值得的，但应当放到次要的位置。对这一价值排序，我们需要坚定不移。

目前新疆局势出现了趋稳的明显态势，这表明包括办教培中心在内的各项措施发挥了作用。这个成绩是新疆乃至全国人民安宁生活的保障，国际社会看得见。美国和西方舆论的指责能起到搅浑水的一定效果，但它们抹杀不了新疆稳定所带来的说服力。

新西兰和斯里兰卡先后出了宗教屠杀事件，而中国新疆得以从国际恐怖主

2019 年 2 月，一位维吾尔姑娘在阿克苏地区阿瓦提县一家饭店跳舞。（摄影：刘欣）

义和极端主义的流动中剥离出来，国际舆论会逐渐变得对新疆治理有利。

只要新疆能够保持基本稳定，避免暴恐活动灾难性的死灰复燃，教培中心经过一段时间之后得以逐渐减少，新疆治理慢慢向常态恢复，而且这个过程使得新疆最终得以告别大规模的血腥暴恐活动，各种对新疆进行所谓“种族迫害”的指控就都在历史上站不住脚，终将化为过眼云烟。

新疆下一步的挑战是保持当前的稳定，在很多教培中心学员毕业之后，巩固他们的学习成果，防止出现新一波极端事件。美国和西方的一些势力肯定会为鼓动新疆出现新的不稳定使出各种手段，他们现在正在为此进行舆论和外交铺垫。

新疆各族人民是一个利益共同体，新疆与整个国家是一个利益共同体，这一点一定要让新疆各族人民充分理解。新疆需加强基层宣教工作，让敏感地区的群众了解中美博弈的大形势，以及西方一些势力企图煽动中国内部的极端主义为其对华战略充当炮灰的恶毒目的。受那些势力愚弄，为他们垫背是有智慧的人必须坚决拒绝的。

新疆或许不需要将社会治安的水平定得比全国其他地区还要高，但保持基本稳定，坚决避免出现前些年曾有过的大规模或较大规模暴恐活动，一定要做到。这将是最终评判新疆这一阶段治理成果的关键指标。美国和西方的一些人怎么说，与这个指标比起来轻如鸿毛。新疆的干部群众对此一定要了然于胸。

新疆局势因中国强大而实现决定性好转

2019-07-05

今天的新疆到底什么样？去看一看就知道了。一些人带着过去的印象，担心新疆不安全，但真实的情况是，当下的新疆已经成为全世界治安情况最好，因此对访问者来说最安全的地方之一。就在上月底，新疆开始运营贯通南北疆主要景点的旅游专列，旅游正在全自治区井喷式恢复和发展，而旅游的凉热是一个地方社会安全水平的晴雨表。

今天能有一个和平、发展的新疆，不能不说是一种万幸。这个地方只差一步就堕入恐怖袭击与民族、宗教恶性冲突相互激发的大动荡，它险些成为第二个车臣或者第二个叙利亚。内外部的恶势力一度发动突袭，要把新疆变成中亚地区“三股势力”肆虐的新焦点，然而党和政府带领全疆各族人民力挽狂澜，最终将新疆局势带回正轨。

对新疆各族老百姓来说，和平稳定是一切美好事物的起点。在暴力恐怖主义频仍的日子里，投资不断撤离，游客纷纷消失，经济凋敝，人们过日子提心吊胆，那样的噩梦让人权无从谈起。新疆局势还在疆外造成冲击，北京、昆明等中国内地城市先后受到殃及。

最近几年新疆采取坚决治理措施，带来局势奇迹般的转变。新疆连续近 30 个月摆脱了暴恐袭击的困扰，不仅重塑疆内的和平与安宁，而且重建了新疆社会的信心，扭转了新疆在全国面前的形象。新疆广大干部群众为此付出巨大努力，他们所取得的成就对疆外社会也作出了贡献，形成全国意义。

西方舆论一直对新疆治理进行各种抹黑，尤其是攻击新疆各地办的职业技能教育培训中心。但是这些攻击所带来的干扰与新疆各族群众乃至中国全社会从这份和平中享受到的好处完全不可同日而语。新疆真实的和平稳定比西方舆论怎么看它们重要得多，中国人这方面的认识越来越成熟，逐渐成为不可撼动的定力。

那些热衷于鼓噪的西方势力才不会关心新疆人的福祉，他们只对利用新疆问题向中国发难感兴趣。那些起劲攻击中国新疆治理的西方力量无一例外都是“中国威胁论”“中国崩溃论”的叫嚣者，无论拿新疆问题还是香港问题挑战中国，对他们来说都是一回事。

可以预见，新疆事务是西方反华势力长期用来骚扰中国的博弈点，如果我们以为可以通过我方的某种调整来平息他们的攻讦，那就太天真了。对中国来说，把新疆的事情真正越搞越好，让外部敌对势力只能瞎嚷嚷，但就是找不到实际插手的缝隙，比什么都重要。

只要新疆保持和平稳定，西方那些想找中国麻烦的人就很难制造新疆问题的轰动。搞不成西方舆论对新疆的长期注意力集中，他们炒作教培中心等话题就会慢慢变得枯燥，而且越来越在西方舆论场丧失说服力。可以肯定地说，西方想炒作新疆话题的人盼着那里出新的动荡都快盼疯了，新疆的持续和平稳定

2019 年 7 月，喀什居民在街头喝茶。（摄影：范凌志）

对他们构成了打击。

最近十年新疆局势没有走向全面失控，而是在严重曲折之后实现了根本性好转，这是中国体制性力量和国家实力共同发挥作用的结果。中国在中国共产党的领导下什么样的任务都能完成，包括从新疆铲除“三股势力”的影响。新疆治理最终给中国形象加上的一定是正分，它反映的是这个国家根治复杂问题的特殊能力。

中国全社会应当感谢新疆广大干部群众这些年的辛勤付出和牺牲，世界应当对新疆以最小社会代价实现了全疆局势的根本性好转报以敬意和理解。新疆没有成为中亚严重的溃疡口，而是为整个地区繁荣不断作出贡献。那些长期指责新疆治理的西方势力，他们该把自己的良心掏出来放到阳光下好好晒一晒了。

大量教培学员结业，新疆局势软着陆

2019-08-01

新疆维吾尔自治区政府领导人星期二在记者会上透露，新疆教培中心的多数学员已经结业，实现了就业。这一重要信息引起国内外舆论的广泛关注。

新疆治理近几年取得巨大成就，实现了自治区局势的根本性转折。一度肆虐的暴力恐怖主义活动受到有效遏制，疆内已经连续几十个月没有出现新的暴恐活动，和平与繁荣在全疆各地得以重现，旅游的井喷式恢复成为局势好转的突出标志。

然而过去两年来，西方舆论对新疆治理方式百般指责，尤其集中火力攻击新疆一些地方设立的教培中心，诬称它们是“集中营”，宣扬新疆设立这些教培中心的目的是“迫害宗教”“消灭维吾尔族的文化”。

不能不说，新疆是顶着外部极不公正的压力取得上述成就，把宝贵的和平发展重新带回到广大各族人民中间的。打击恐怖主义和去极端化本来就是艰巨的工作，西方舆论蛮不讲理的集体声讨又制造了额外挑战，但是新疆捍卫各族人民根本利益的决心没有动摇，中国的决心没有动摇。

这次不仅自治区政府对外公布了有关教培中心的重大信息，环球时报通过其他渠道了解的信息也表明，新疆教培中心的学员的确在大量结业，回归社会，这个进程非常强劲。

尽管官方仍然没有公布详细的数字，但是新疆局势的继续向好正在扩展到各个维度，教培中心作为强有力的临时措施在这当中起了关键促进作用，这些已是有全局意义的重大事实。正气以及围绕法制的稳定重新扎根，全疆社会的信心不断增强，新疆取得的不是一般工作层面的进展，而是正在实现对长期受极端主义冲击的混乱局面的历史性告别。

值得高度肯定的是，新疆局势的转变不是通过使用大规模暴力方式实现的，而是用正常社会治理的加强版清除了极端主义的源头，挤压了其蔓延的空间。新疆既没有搞“反恐战争”，也没有搞“文化革命”，其原有的社会结构、文化面貌都得到完整的保留，但那些滋生极端主义的一撮撮土壤连同附着在它们上面的种种恶势力一起被摧毁。

新疆也没有闭起门来搞治理，完全排斥外部世界的看法和感受。新疆在过去的一年里邀请了几十拨外国使团、国际观察人士和媒体记者走访自治区，尤其是进入教培中心实地考察，这种态度就是新疆真诚把反恐去极端化与尊重人权结合起来的表现。新疆在听取外部的意见，而不是要另搞一套，开展“人权对抗”。

曾有一段时间，新疆的确遭遇了失序的困境，恐怖分子气焰嚣张，极端主义与外部势力遥相呼应。新疆能够顶着压力把反恐和去极端化坚决推行下去，首先是因为有党中央的坚强领导，有全国人民的支持，同时也是因为政府心中真的装着老百姓，为人民的利益勇于担当，而不是慑于西方舆论的鼓噪，把“平安为官”的私利放在首位。

实事求是，以民为本，勇于作为，这些促成了新疆治理的奇迹般成就。事实胜于雄辩，新疆各族百姓安居乐业的幸福生活是对自治区治理的最高评判。历史不会依照西方的偏见下结论，美国等西方国家对新疆局势搅浑水的做法对历史提供不了参照，这是不以西方少数政客的意志为转移的。

西方国家还是回过头去收拾自己混乱的种族、移民、宗教问题为好，新疆的成功经验可供他们参考。

国际社会对新疆治理是有一杆秤的。50 个国家上周高度肯定新疆治理，是围绕新疆事务人权辩论的一个里程碑。随着新疆教培中心更多学员结业并走向社会，相信涉疆问题将逐渐形成软着陆。这是包括新疆各族人民在内的全中国人民的伟大胜利。